牛乳カンパイ係、田中くん

給食皇帝を助けよう

並木たかあき・作
フルカワマモる・絵

集英社みらい文庫

大久保《おおくぼ》ノリオ
5年《ねん》1組《くみ》の恐怖《きょうふ》の大王《だいおう》。ちょっと乱暴《らんぼう》だが、じつはやさしい一面《いちめん》も…。
田中《たなか》食太《たべた》
5年《ねん》1組《くみ》の人気者《にんきもの》。牛乳《ぎゅうにゅう》カンパイ係《がかり》として、給食《きゅうしょく》の悩《なや》みを解決《かいけつ》する。
鈴木《すずき》ミノル
牛乳《ぎゅうにゅう》が飲《の》めない、ちょっと気弱《きよわ》な転入生《てんにゅうせい》。食《た》べ物《もの》の好《す》ききらいが多《おお》い。

御《お》石《いし》井《い》小《しょう》学《がっ》校《こう》のメンバー
増《ます》田《だ》先《せん》輩《ぱい》
田中《たなか》のあこがれの先輩《せんぱい》。
6年《ねん》1組《くみ》の天才《てんさい》・給食《きゅうしょく》マスター。
多《た》田《だ》見《み》
マモル先生《せんせい》
5年《ねん》1組《くみ》の担任《たんにん》。
生徒《せいと》たちをひたすら見守《みまも》る、
やさしい先生《せんせい》。
三《み》田《た》ユウナ
いつもまわりに気配《きくば》り
している、しっかり者《もの》の
委員長《いいんちょう》。
難《なん》波《ば》ミナミ
大阪《おおさか》出身《しゅっしん》。
料理《りょうり》のうまい、元気《げんき》な女《おんな》の子《こ》。
田中《たなか》くんのライバル!?

もくじ

1杯目《ばいめ》 給食皇帝《ロイヤルマスター》を救《すく》え！

今日《きょう》の給食《きゅうしょく》は、ハヤシライスと野菜《やさい》のサラダ。オレンジゼリー。

そしていつもの、ビンいり牛乳《ぎゅうにゅう》。

日直《にっちょく》は、ぼくだ。

いまから「いただきます」の号令《ごうれい》をかけなくちゃいけない。

「鈴木《すずき》くん。そろそろ、おねがいします」

5年《ねん》1組《くみ》のクラス担任《たんにん》・多田見《ただみ》マモル先生《せんせい》にそういわれ、「日直《にっちょく》・鈴木《すずき》」と書《か》かれた黒板《こくばん》の前《まえ》へと、ぼくは進《すす》みでた。

給食《きゅうしょく》をもりつけ終《お》わったクラスが、一瞬《いっしゅん》、しずかになる。

「いた～だき～ます！」

「「いた〜だき〜ます！」」

自分《じぶん》の給食班《きゅうしょくはん》に戻《もど》ってすぐ、同《おな》じ給食班《きゅうしょくはん》の田中《たなか》くんが立《た》ちあがった。

「さあ、ミノル！　みんなで、楽《たの》しく、食《た》べようぜ！」

すぐに田中《たなか》くんは、配膳台《はいぜんだい》へダッシュした。

ひとつ大《おお》きく息《いき》を吸《す》うと、クラスのみんなにむけて、こんなことを叫《さけ》んだよ。

「おまえらぁ、ちゅうもーく！」

クラスのみんなは待《ま》ってましたと、『牛乳《ぎゅうにゅう》カンパイ係《がかり》』の田中《たなか》くんにくぎづけだ。

『牛乳《ぎゅうにゅう》カンパイ係《がかり》』の仕事《しごと》は、給食《きゅうしょく》を楽《たの》しくもりあげること。

そして、給食《きゅうしょく》に関《かん》するトラブルがあれば、なんでも解決《かいけつ》してあげること。

実際《じっさい》、田中《たなか》くんの知恵《ちえ》と工夫《くふう》と思《おも》いやりのおかげで、ぼくは大《だい》きらいだった牛乳《ぎゅうにゅう》も、ピーマンも、トマトも、食《た》べられるようになったんだ。

クラス全員《ぜんいん》の期待《きたい》を一身《いっしん》に受《う》けて、田中《たなか》くんは、ふたたび声《こえ》をあげた。

「みんなぁ、今日《きょう》もいくぞぉ！」

「「「うおおおおおおおーっ！」」」

クラスのみんなは声《こえ》を合《あ》わせて、力《ちから》いっぱい返事《へんじ》する。

なんだか、歌手《かしゅ》のコンサートみたい。

パン・パン・パン・パン！

パン・パン・パン・パン！

手拍子《てびょうし》の中《なか》、牛乳《ぎゅうにゅう》ビンを3本《ぼん》も、田中《たなか》くんは配膳台《はいぜんだい》の上《うえ》に並《なら》べる。

田中《たなか》くんの次《つぎ》の行動《こうどう》に、手拍子《てびょうし》のみんながざわついた。

「あれは、なにっ？」

「どこに隠《かく》し持《も》っていたんだっ？」

サングラスとヘッドフォンをとりだして、身《み》につけた田中《たなか》くん。

ラッパーみたいに手《て》を動《うご》かしつつ、「ヘイ、ＹＯ《ヨー》！」なんて、かっこつけている。

「ヘイ！　オレの、給食《きゅうしょく》パフォーマンスの時間《じかん》だＹＯ《ヨー》！」

体《からだ》を大《おお》きくゆらしながら、手拍子《てびょうし》のリズムに乗《の》り始《はじ》めた。

「みんなで一緒《いっしょ》に歌《うた》ってくれＹＯ《ヨー》！『カンパイ・静《しず》かな湖畔《こはん》』！」

『静《しず》かな湖畔《こはん》』の替《か》え歌《うた》が、大合唱《だいがっしょう》で始《はじ》まった。

♫♫しずかに　ごはんを　もりつけてから～
「ＹＯ《ヨー》！　オレの時間《じかん》！」と　田中《たなか》、飲《の》む～
１本《ぽん》？　２本《ほん》？
まさっかの　３本《ぼん》っ！
１本《ぽん》？　２本《ほん》？
田中《たなっか》が　３本《ぼん》っ！♪

あっという間《ま》に３本《ぼん》も、のどを鳴《な》らして、田中《たなか》くんは牛乳《ぎゅうにゅう》を飲《の》みほしてしまった。

あいさつ
月
3日
日直

サングラス姿《すがた》の田中《たなか》くんは、はるか遠《とお》い宇《う》宙《ちゅう》にむけて、ひとさし指《ゆび》をピンとのばす。

「オレの食道《しょくどう》は、無限《むげん》の宇宙《うちゅう》につながっている！」

本当《ほんとう》に無限《むげん》に飲《の》んじゃいそうな田中《たなか》くんの勢《いきお》いに、クラスのみんなは大《おお》もりあがりだ。

お昼《ひる》のいつものお祭《まつ》り騒《さわ》ぎ。担任《たんにん》の多田《ただ》見《み》先生《せんせい》はあいかわらずニコニコと、ただただ見《み》守《まも》ってくれていた。

そのとき、急《きゅう》に。

教室《きょうしつ》の前扉《まえとびら》がガラガラっとあいたんだ。

5年《ねん》1組《くみ》の教室《きょうしつ》にはいってきたのは……。

「味気《あじけ》ない世界《せかい》に、給食《きゅうしょく》を！」

「ああっ、増田先輩《ますだせんぱい》だ！」

おどろいた田中《たなか》くんは、あわててサングラスを外《はず》した。

「やあ。田中《たなか》くん。ごきげんよう！　ふはははははははははははは。はは。は。はっ。げふん。げふっ。げふんっ」

　うっかりせきこむ増田先輩《ますだせんぱい》の服《ふく》は、全身《ぜんしん》真《ま》っ赤《か》。ふだんからヨーロッパの王子様《おうじさま》のような格好《かっこう》をしている。マントをひるがえし、ゆうゆうと歩《ある》くのがとくちょうだ。

　腰《こし》からは、お玉《たま》やトングがさがっている。

給食《きゅうしょく》マスターの特別《とくべつ》なバッジが、名札《なふだ》や勲章《くんしょう》と一緒《いっしょ》に先輩《せんぱい》の胸《むね》で輝《かがや》いていた。

「あああぁっ、増田先輩《ますだせんぱい》だぁっ」

クラス委員長《いいんちょう》のいつもまじめな三田《みた》ユウナちゃんが、あこがれのアイドルを見《み》つけたみたいに、メガネの下《した》で目《め》をキラキラさせている。

「どうしたの、ユウナちゃん？」

「ミノルくん、ほら！　見《み》て、ほら！　増田先輩《ますだせんぱい》がきてるんだよ！」

いつも冷静《れいせい》なクラス委員長《いいんちょう》のユウナちゃんですら、見《み》れば急《きゅう》にそわそわしてしまうくらい、天才《てんさい》・給食《きゅうしょく》マスターの増田先輩《ますだせんぱい》は、みんなから一目置《いちもくお》かれている。

食事会《しょくじかい》でふたつの国《くに》の戦争《せんそう》を止《と》めたり、食糧不足《しょくりょうぶそく》の地域《ちいき》の争《あらそ》いを解決《かいけつ》したり。増田先輩《ますだせんぱい》は、世界《せかい》をまたにかけて活躍《かつやく》しているんだ。

「失礼《しつれい》します」

先輩《せんぱい》は、多田見先生《ただみせんせい》に軽《かる》く頭《あたま》をさげた。

教室《きょうしつ》に1歩足《ぽあし》をふみいれると、クラスの女《おんな》の子《こ》たちはキャーキャーと声《こえ》をあげる。増田《ますだ》先輩《せんぱい》が声《こえ》にこたえようと笑顔《えがお》で手《て》をふりかえす。女《おんな》の子《こ》たちの声《こえ》はさらに大《おお》きくなった。

増田先輩《ますだせんぱい》はぼくたちの給食班《きゅうしょくはん》までやってきて、田中《たなか》くんにこんなことをいったんだ。

「今日《きょう》の放課後《ほうかご》、一緒《いっしょ》にきたまえ。でかけるぞ」

とても強《つよ》い、いい方《かた》だった。

「田中《たなか》くん。先週《せんしゅう》の『給食《きゅうしょく》マスター・トライアル』の件《けん》は、とうぜん覚《おぼ》えているね？」

「もちろんです！」

じつは――。

田中《たなか》くんは、先週《せんしゅう》『給食《きゅうしょく》マスター・トライアル』っていう推薦《すいせん》テストを受《う》けたんだ。

このテストに合格《ごうかく》しないと、給食《きゅうしょく》マスターにはなれない。

給食《きゅうしょく》マスターになることは、田中《たなか》くんと田中《たなか》くんの亡《な》くなったお母《かあ》さんとの、大切《たいせつ》な約《やく》束《そく》だったんだ。

苦戦《くせん》はしたけど、田中《たなか》くんは合格《ごうかく》できた。

給食《きゅうしょく》マスターは国内《こくない》におよそ50人《にん》。テストに合格《ごうかく》した認定待《にんていま》ちの候補生《こうほせい》であっても200人《にん》くらいしかいないから、認定《にんてい》バッジをもらうのは、ものすごくむずかしいんだって。

けれども天才《てんさい》・給食《きゅうしょく》マスターの増田先輩《ますだせんぱい》から認《みと》めてもらい、はれて『給食《きゅうしょく》マスター委員《いいん》会《かい》』に推薦《すいせん》してもらえることになっていたんだ。

増田先輩《ますだせんぱい》はつづける。


「キミには、今日《きょう》、給食皇帝《ロイヤルマスター》に会《あ》ってもらう」


なんでも給食皇帝《ロイヤルマスター》っていうのは、『給食《きゅうしょく》マスター委員会《いいんかい》』の頂点《ちょうてん》に立《た》つ人物《じんぶつ》らしい。

この給食皇帝《ロイヤルマスター》から認《みと》められないと、給食《きゅうしょく》マスターになることはできないんだ。

「給食皇帝《ロイヤルマスター》に会《あ》えるってことは……」

田中《たなか》くんは笑顔《えがお》だ。

「おい、ミノル！　ついにオレは、給食《きゅうしょく》マスターとして認《みと》めてもらえたんだよ！」

「うん！　やったね、田中《たなか》くん！　認定《にんてい》バッジがもらえるね！」

給食《きゅうしょく》マスターになることができれば、全国《ぜんこく》どこの学校《がっこう》の給食《きゅうしょく》も自由《じゆう》に食《た》べられる。

上位《じょうい》の給食《きゅうしょく》マスターになれば、ふつうのひとではキャッチできない味《あじ》である『超味《ちょうみ》』を味《あじ》わう方法《ほうほう》を、習得《しゅうとく》することができるらしい。

給食《きゅうしょく》マスター認定《にんてい》バッジは、レストランの三《み》ツ星評価《ぼしひょうか》よりも価値《かち》がある。だからレストランをひらけば大《だい》はんじょう。世界的《せかいてき》な料理人《りょうりにん》の中《なか》には、給食《きゅうしょく》マスターを目指《めざ》すひともいるくらいだ。

でも、田中《たなか》くんが給食《きゅうしょく》マスターになりたい理由《りゆう》は、そういうことじゃない。

お母《かあ》さんが秘伝《ひでん》のノートにのこしたとびきりの給食《きゅうしょく》レシピを、世界《せかい》のみんなに広《ひろ》めたいからなんだ。

田中《たなか》くんは、こんなことをぼくにいったことがある。

「【みんなで、楽《たの》しく、食《た》べる】。だって、みんなで囲《かこ》む食卓《しょくたく》の楽《たの》しい空気《くうき》それ自体《じたい》が、ごちそうなんだぜ」

そして、これがまさしく給食《きゅうしょく》マスターの考《かんが》え方《かた》に一致《いっち》すると、田中《たなか》くんは信《しん》じているんだ。

「本当《ほんとう》によかったね、田中《たなか》くん！」

やさしいユウナちゃんは、自分《じぶん》のことのようによろこんでいる。

「おう！　ユウナ、ありがとう！」

クラスのみんなも、口々《くちぐち》に、「よかったね」「おめでとう」などと、一緒《いっしょ》になってよろこんだ。

「給食皇帝《ロイヤルマスター》ってどんなやつかな？」

「給食《きゅうしょく》を食《た》べすぎて、メチャクチャふとってて、転《ころ》がって移動《いどう》したりしてなっ」

田中《たなか》くんが、給食《きゅうしょく》マスター委員会《いいんかい》の、トップと会《あ》う。

クラスのみんなは、そんな特別《とくべつ》なできごとにヒートアップ。

「それでは、田中《たなか》くん。今日《きょう》の放課後《ほうかご》、学校菜園《がっこうさいえん》で待《ま》ち合《あ》わせだ」

増田先輩《ますだせんぱい》は、マントをひるがえし、教室《きょうしつ》をでようと歩《ある》き始《はじ》める。

「みんな、ごきげんよう！　ふはははははははははは。はは。は。はっ。げふん。げふっ。げふんっ」

さいごも、ちょっとだけせきこんで、増田先輩《ますだせんぱい》は帰《かえ》っていった。

＊

「ついに、オレ、給食《きゅうしょく》マスターになれるんだぜ！」

「うん！　やったね、田中《たなか》くん！」

下駄箱《げたばこ》でクツをはくぼくたちのテンションは高《たか》い。

「そうだ！　ミノルもついてこいよ！　オレが給食《きゅうしょく》マスターになる瞬間《しゅんかん》を見《み》ててくれ！」

増田先輩《ますだせんぱい》に指定《してい》された、学校裏手《がっこううらて》の菜園《さいえん》へ、ぼくたちはいそいそと走《はし》っていった。

「あ！　見《み》ろ、ミノル」

田中《たなか》くんは、遠《とお》くの畑《はたけ》のほうを指《ゆび》さす。

増田先輩《ますだせんぱい》はもうすでに畑《はたけ》にきていた。

「……遠《とお》くからでも、よく目立《めだ》つ格好《かっこう》だよねぇ」

しげる緑《みどり》の中《なか》、王子様《おうじさま》みたいな赤《あか》い服《ふく》。

夏休《なつやす》み直前《ちょくぜん》の太陽《たいよう》の光《ひかり》は、けっこうしんどいと思《おも》うんだけど？

うしろ姿《すがた》の増田先輩《ますだせんぱい》は、畑《はたけ》のナスやキュウリを眺《なが》めている。うでを組《く》んで「うんうん」と、うなずいているみたいなんだ。

「先輩《せんぱい》は、なにをしてるんだろうな？」

ぼくと田中《たなか》くんは、こっそりと、増田先輩《ますだせんぱい》のすぐうしろまで近《ちか》づいた。

先輩《せんぱい》は、背後《はいご》のぼくたちに気《き》づいていない。

ひとりでこう、つぶやいたんだ。

「一流《いちりゅう》の料理人《りょうりにん》は、畑《はたけ》の土《つち》を食《た》べることで、そこでとれる野菜《やさい》の味《あじ》がわかる、か」

増田先輩《ますだせんぱい》は、畑《はたけ》でしゃがんだ。

「もちろん、この増田《ますだ》にも土《つち》の味《あじ》くらいわかるはずさ」

土《つち》の、味《あじ》っ？

おどろいたぼくと田中《たなか》くんは、おたがいの顔《かお》を見合《みあ》わせた。

「どれどれ……」

畑《はたけ》の土《つち》を手《て》でつかんで、ぽいっと、口《くち》に……。

いれた―――――っ！

土《つち》を、そのまま、食《た》べてるよ！

「ふーむ、ふーむ。む、む、む。むむむむむむっ……！」

しゃがんだまま、肩《かた》をプルプルふるわせ始《はじ》める。

だいじょうぶかな？

「ぺっ。ぺっ。ぺっ。ダメだぁっ！　うーん、やっぱり、畑《はたけ》の土《つち》は、食《た》べちゃいけないね！　ふはははははは！　はは。は。はっ。げふん。げふっ。げふんっ」

せきこみながらも機嫌《きげん》よくわらっていた。

「おや、キミたち。いたのかい？」

ぼくたちに気《き》づいた増田先輩《ますだせんぱい》はふりかえった。ほほえむ口《くち》のまわりは畑《はたけ》の土《つち》まみれなのに、さわやかに髪《かみ》をかきあげる増田先輩《ますだせんぱい》。

作物《さくもつ》のできぐあいがわかるならば畑《はたけ》の土《つち》だって食《た》べてしまうほど、増田先輩《ますだせんぱい》は『食《しょく》』に真剣《しんけん》なひとなんだ。

「ではさっそく、あっちに止《と》まっている車《くるま》に乗《の》ってくれたまえ」

「あっちの車《くるま》……えええっ！」

畑《はたけ》の外《そと》、金網《かなあみ》のむこう側《がわ》に止《と》められていたのは、もちろん王子様《おうじさま》が乗《の》りそうな白馬《はくば》なんかじゃない。

見《み》た目《め》は真《ま》っ赤《か》。車高《しゃこう》の低《ひく》いスポーツカー。ドアが上《うえ》にひらくやつっ。

なんだけど……おどろいたよ。

「……牛乳《ぎゅうにゅう》のバズーカ砲《ほう》？」

その真《ま》っ赤《か》なスポーツカーは、バズーカ砲《ほう》みたいな真《ま》っ白《しろ》な牛乳《ぎゅうにゅう》ビンをななめに背負《せお》っていたんだよ。

「な、な、なんなんですか、これはっ」

「びっくりしたかい？　ぼくがデザインした『ミルク・カー』さ」

「ミルク・カー……？」

「ああ。このビンは、とり外《はず》しが可能《かのう》なのさ。『コーヒー牛乳《ぎゅうにゅう》・カー』や『いちごミルク・カー』、さらにはレアな『飲《の》むヨーグルト・カー』にバージョンを変《か》えることもできるのだよ」

さらに聞《き》けば、このビンの中《なか》にはいっているのは、なんと本物《ほんもの》の牛乳《ぎゅうにゅう》なんだって！

「期限《きげん》がすぎて捨《す》てるしかなくなってしまった牛乳《ぎゅうにゅう》をガソリンの代《か》わりにして、ミルク・カーは動《うご》いているのさ」

じつは増田先輩《ますだせんぱい》のおじいさんは、超有名自動車《ちょうゆうめいじどうしゃ》メーカー『MASUDA《マスダ》』の社長《しゃちょう》なんだ。

01-41
ド!!
ド!!
ド!!

「さ、さすがは、世界《せかい》のMASUDA《マスダ》！」

捨《す》てる牛乳《ぎゅうにゅう》で車《くるま》を動《うご》かす技術力《ぎじゅつりょく》の高《たか》さに、田中《たなか》くんもおどろいていた。

そんなミラクル技術《ぎじゅつ》がつまったミルク・カーには、ひとだかりができ始《はじ》めている。

低学年《ていがくねん》の男《おとこ》の子《こ》と、近所《きんじょ》のおばあさんが、ひとだかりの中《なか》で感想《かんそう》をもらす。

「すげ～！　オレ、生《なま》のミルク・カー、初《はじ》めて見《み》た！」

「あわわわわ。ありがたや、ありがたや……」

子供《こども》はおどろきの声《こえ》をあげ、おばあさんはなみだ目《め》で手《て》を合《あ》わせ……。

他《ほか》のひとたちも、記念《きねん》に写真《しゃしん》をとったり、指《ゆび》でさわって指紋《しもん》をつけたり。

「おやおや。これ以上《いじょう》のひとだかりができる前《まえ》に、出発《しゅっぱつ》をしよう」

そういってから増田先輩《ますだせんぱい》は、畑《はたけ》のキュウリをひとつ、もいだ。

ん？

学校菜園《がっこうさいえん》の野菜《やさい》を勝手《かって》にもいだら、ダメだよね？

「心配《しんぱい》は無用《むよう》だよ、ミノルくん。校長先生《こうちょうせんせい》の許可《きょか》はとってある」

ぼくたち3人《にん》は道路《どうろ》へでると、ひとだかりをかきわけて、ミルク・カーに乗《の》りこんだ。

運転手《うんてんしゅ》さんが車《くるま》を発進《はっしん》させてすぐ、助手席《じょしゅせき》の増田先輩《ますだせんぱい》はふりかえった。

「田中《たなか》くん、じつは……」

あまりに急《きゅう》な、告白《こくはく》だった。

増田先輩《ますだせんぱい》の真剣《しんけん》なふんいきに、田中《たなか》くんの表情《ひょうじょう》にも緊張《きんちょう》が浮《う》かんでいる。

先輩《せんぱい》はとてもまじめな表情《ひょうじょう》で、こんなことをきりだしたんだ。


「協力《きょうりょく》をしてほしい。死《し》にひんしている給食皇帝《ロイヤルマスター》を、助《たす》けるんだ」


えええええっ！

皇帝《こうてい》が、死《し》にそうってことっ？

突然《とつぜん》の言葉《ことば》に、ぼくはびっくりして、増田先輩《ますだせんぱい》の説明《せつめい》に耳《みみ》をかたむけた。

「皇帝《こうてい》は、ごはんが食《た》べられなくなってしまったんだ」

皇帝《こうてい》が食《た》べられなくなった原因《げんいん》は、医者《いしゃ》にもわからない。

いまは点滴《てんてき》でもちこたえてはいるけれども、かなりあぶない状況《じょうきょう》らしい。

「増田先輩《ますだせんぱい》？」

ぼくは尋《たず》ねた。

「田中《たなか》くんが今日呼《きょうよ》ばれた理由《りゆう》は、給食《きゅうしょく》マスターの認定《にんてい》じゃあなかったんですか？」

「いまは、それどころではない！」

増田先輩《ますだせんぱい》は、厳《きび》しい声《こえ》でつづけた。

「もし給食皇帝《ロイヤルマスター》の命《いのち》を救《すく》うことができないと、田中《たなか》くんは今後《こんご》、ぜったいに、給食《きゅうしょく》マスターになれないんだぞ」

「えっ？　どういうことですかっ」

田中《たなか》くんはあわてる。

命《いのち》の危険《きけん》がある状態《じょうたい》の皇帝《こうてい》と、田中《たなか》くんの給食《きゅうしょく》マスター認定《にんてい》の話《はな》し合《あ》いなんか、やっている場合《ばあい》ではない。

それはもちろんわかるんだけど、他《ほか》にも理由《りゆう》があるみたいなんだ。

「キミは、先週《せんしゅう》、『給食《きゅうしょく》マスター・トライアル』を受《う》けたね」

「はい」

「あのときのルールは、覚《おぼ》えているか？」

ぼくと田中《たなか》くんは顔《かお》を見合《みあ》わせて、記憶《きおく》をさぐる。

たしか増田先輩《ますだせんぱい》は、こんなことをいっていた。

――『給食《きゅうしょく》マスター・トライアル』は、人生《じんせい》で1回《かい》しかチャレンジできない。

でも、田中《たなか》くんは合格《ごうかく》ずみなんだから、別《べつ》に関係《かんけい》ないんじゃないの？

「あのときぼくが書《か》いた推薦状《すいせんじょう》は、現在《げんざい》の給食皇帝《ロイヤルマスター》にあてたものだ。考《かんが》えたくもないが、もし、いまの皇帝《こうてい》に万《まん》が一《いち》のことがあったら……」

目《め》をとじ、首《くび》を横《よこ》にふってから、つづける。

「あたらしい給食皇帝《ロイヤルマスター》への、あたらしい推薦状《すいせんじょう》が必要《ひつよう》になる。ところが、『給食《きゅうしょく》マスター・トライアル』は、すでに伝《つた》えてあるように、人生《じんせい》で1回《かい》しかチャレンジできない」

「あ、そうか！」

はっとした顔《かお》で、田中《たなか》くんはかたまった。

「キミにはもう、チャレンジをやりなおす権利《けんり》が、ないのさ」

「待《ま》ってよ！　そんなの、ひどすぎますよ！」

状況《じょうきょう》を理解《りかい》したぼくは、増田《ますだ》先輩《せんぱい》を責《せ》めてしまった。

「田中《たなか》くんは、今日《きょう》やっと給食《きゅうしょく》マスターに認定《にんてい》されるんだって、とても楽《たの》しみにしていたんですよっ」

「ミノル。おちつけ」

「こんなのおかしいよ！　田中《たなか》くんの、夢《ゆめ》がかなう日《ひ》が、ついにきたっていうのに……」

「ミノルくん。気持《きも》ちはわかるが、これはしかたのないことなんだよ」

冷静《れいせい》に、増田《ますだ》先輩《せんぱい》が、口《くち》をひらく。

「どんなにむずかしい指令《しれい》がくだっても、自分自身《じぶんじしん》の力《ちから》で解決《かいけつ》していかねばならない。それが、給食《きゅうしょく》マスターの心構《こころがま》えなんだから」

「自分自身《じぶんじしん》の、力《ちから》で？」

どうやら田中《たなか》くんの身《み》の上《うえ》に、とびっきりの困難《こんなん》が、ふりかかってきちゃったみたいなんだ。

「しかし、安心《あんしん》したまえ。この増田《ますだ》も、もちろん協力《きょうりょく》は惜《お》しまない」

増田先輩《ますだせんぱい》は、皇帝《こうてい》のことが心配《しんぱい》でしかたがないのだという。

「食《た》べられない給食皇帝《ロイヤルマスター》を救《すく》うことが、キミが給食《きゅうしょく》マスターになる、ただひとつの道《みち》なのさ」

ひとさし指《ゆび》を立《た》てながら、増田先輩《ますだせんぱい》がいった。


「さあ、皇帝《こうてい》に、おいしいごはんを食《た》べてもらおう。田中《たなか》くん！」

＊

皇帝《こうてい》のいる『給食《きゅうしょく》タワー』の中《なか》を、増田先輩《ますだせんぱい》はずんずん進《すす》んでいく。

皇帝《こうてい》のことが心配《しんぱい》なようで、いつものゆうゆうとした歩《ある》き方《かた》なんかじゃなかった。

「給食《きゅうしょく》タワーは地上《ちじょう》60階建《かいだ》て。皇帝《こうてい》は、最上階《さいじょうかい》にいらっしゃる」

エレベーターを待《ま》つ。

その間《あいだ》、増田先輩《ますだせんぱい》は給食《きゅうしょく》タワーの説明《せつめい》をしてくれた。

エレベーターの近《ちか》くでは、たぶん本物《ほんもの》じゃないと思《おも》うけど、はるか高《たか》いところの牛乳《ぎゅうにゅう》ビンからどどどどどどどっと、お腹《なか》に響《ひび》く大《おお》きな音《おと》で牛乳《ぎゅうにゅう》の滝《たき》がそそがれていた。

「この給食《きゅうしょく》タワーの1階《かい》から6階《かい》までは、それぞれ世界《せかい》6大陸《たいりく》すべての給食《きゅうしょく》を楽《たの》しめる、巨大《きょだい》なレストランになっている。その名《な》も『給食《きゅうしょく》レストラン・6大陸《たいりく》』さ」

「ええっ？」

田中《たなか》くんが食《く》いついた。

「世界《せかい》6大陸《たいりく》すべての給食《きゅうしょく》っ？」

ぼくだって、おどろいたよ。

たとえば南極大陸《なんきょくたいりく》の給食《きゅうしょく》なんて、ぼくには想像《そうぞう》もつかないんだけど？

ポーン。

電子音《でんしおん》が、全面《ぜんめん》ガラス張《ば》りのエレベーターの到着《とうちゃく》を知《し》らせた。

乗《の》りこんだ増田先輩《ますだせんぱい》は、60階《かい》のボタンを押《お》した。

「給食《きゅうしょく》タワー内《ない》でつくられた給食《きゅうしょく》メニューは、毎食《まいしょく》ごとに、皇帝《こうてい》のいらっしゃる最上階《さいじょうかい》へと届《とど》けられる。皇帝《こうてい》はおいそがしい仕事《しごと》の合間《あいま》に時間《じかん》を見《み》つけて、おひとりで、給食《きゅうしょく》を召《め》しあがっていた」

ところが、ここ1週間《しゅうかん》は、まったく食《た》べていないんだそうだ。

「生《い》きることは、食《た》べることだ。食《た》べなければ、ひとは、死《し》んでしまう。なんとしても皇《こう》帝《てい》には、食《た》べていただかなければならない」

最上階《さいじょうかい》でエレベーターをおりた。

増田先輩《ますだせんぱい》はわき目《め》もふらずに、廊下《ろうか》をずんずん進《すす》んでいく。

「ここが、給食皇帝《ロイヤルマスター》の部屋《へや》さ」

皇帝《こうてい》の部屋《へや》のドアは、給食《きゅうしょく》のごはんがはいった食缶《しょっかん》に似《に》ていて、銀色《ぎんいろ》でピカピカしていた。

そのドアの横《よこ》では、紺色《こんいろ》スーツの女《おんな》のひとが心配《しんぱい》そうな表情《ひょうじょう》で、ぼくたちの到着《とうちゃく》を待《ま》っていたんだ。

「皇帝《こうてい》を助《たす》けてください。おねがいします」

秘書《ひしょ》だという女《おんな》のひとは、礼儀正《れいぎただ》しく増田先輩《ますだせんぱい》におじぎをした。

うなずき、増田先輩《ますだせんぱい》は、金属《きんぞく》のドアをノックした。

「皇帝《こうてい》。増田《ますだ》です。失礼《しつれい》いたします」

「……うむ。はいれ」

自動《じどう》ドアのように、銀色《ぎんいろ》のドアが横《よこ》へすべる。

そこに見《み》えた人物《じんぶつ》は……。


「鍋《なべ》をかぶってるーっ？」

頭《あたま》から、中華鍋《ちゅうかなべ》を、かぶっていた。

ぼくはすごくおどろいたけど、増田先輩《ますだせんぱい》は少《すこ》しも気《き》にする様子《ようす》を見《み》せてはいない。

「なんなんだ、この、お年《とし》よりは……」

肩《かた》までの銀色《ぎんいろ》の髪《かみ》の上《うえ》から中華鍋《ちゅうかなべ》をかぶったお年《とし》よりが、部屋《へや》の奥《おく》に立《た》っていた。

どうやらこのひとが、給食《きゅうしょく》マスターたちの頂点《ちょうてん》にいる、給食皇帝《ロイヤルマスター》のようだった。

「増田《ますだ》くん。よくきたね」

給食皇帝《ロイヤルマスター》は職人《しょくにん》みたいな作務衣《さむえ》を着《き》ていた。あごからは、ダイコンみたいなヒゲが生《は》え

ていて、特大《とくだい》しゃもじをつえの代《か》わりにしていた。

うしろの壁《かべ》ぎわには『和《わ》』と書《か》かれた大《おお》きな掛《か》け軸《じく》が、どーんと目立《めだ》つようにかざってある。

田中《たなか》くんがひそひそと、ぼくに耳《みみ》うちをした。

「なんか、皇帝《こうてい》っていうか、『鍋《なべ》仙人《せんにん》』って感《かん》じだな」

まったく、そのとおりだと思《おも》った。

ここで、ちょっと気《き》になったたんだけど――。

初《はじ》めて会《あ》ったぼくですら「やせ

すぎだなぁ」と思《おも》ってしまうくらい、小柄《こがら》な皇帝《こうてい》はガリガリだったんだ。

「失礼《しつれい》いたします」

ぼくと田中《たなか》くんがとまどっているのも気《き》にせず、増田《ますだ》先輩《せんぱい》は部屋《へや》へとはいる。

部屋《へや》にはいった増田《ますだ》先輩《せんぱい》がひざまずいて頭《あたま》をさげた。

特大《とくだい》しゃもじをつえの代《か》わりに、皇帝《こうてい》は、ゆっくりとこちらへ歩《ある》いてくる。

どうやら皇帝《こうてい》の服《ふく》も、この部屋《へや》のものも、すべて給食《きゅうしょく》の道具《どうぐ》からデザインをとっているみたいだった。

ガリガリの皇帝《こうてい》はゆっくりと歩《ある》きながら、かれた声《こえ》で、なにやら歌《うた》い始《はじ》めたんだ。

「おや？　これは。もしかしてっ」

田中《たなか》くんの表情《ひょうじょう》が一気《いっき》にかたくなった。

それは重々《おもおも》しくスピードを落《お》とした『静《しず》かな湖畔《こはん》』の、替《か》え歌《うた》だったんだ。

♫♫しずかに　ごはんを　もりつけてから～
「さぁ、わしの出番《でばん》！」と　ミルク飲《の》む～

10本《ぼん》？　１００本《ぼん》？

いっ・せん・ぼんっ！

10本《ぼん》？　１００本《ぼん》？

いっ・せん・ぼんっ！


田中《たなか》くんをはるかに超《こ》えるスケールの大《おお》きな歌《うた》で、皇帝《こうてい》はぼくたちをでむかえた。

「昨年《さくねん》の『牛乳千本《ぎゅうにゅうせんぼん》デスマッチ』での皇帝《こうてい》の戦《たたか》いぶり、お見事《みごと》でした」

増田先輩《ますだせんぱい》は、そのときの様子《ようす》を思《おも》いだしているのか、なつかしそうな表情《ひょうじょう》でうなずいている。

「あのとき、挑戦者《ちょうせんしゃ》の給食《きゅうしょく》マスターが指定《してい》してきた対決方法《たいけつほうほう》は、『先《さき》に牛乳《ぎゅうにゅう》を千本《せんぼん》飲《の》めば勝《か》ち』というものじゃったな」

「ええ。勝《か》った者《もの》が、あたらしい給食皇帝《ロイヤルマスター》になる。いつものルールでの対決《たいけつ》でした」

「いつ、誰《だれ》の挑戦《ちょうせん》でも受《う》けるとは、いった。しかしなぁ。くっくっくっ」

皇帝《こうてい》は、しずかにわらいだした。

「たかだか、あの程度《ていど》の飲《の》みっぷりで、わしを給食皇帝《ロイヤルマスター》の座《ざ》からひきずりおろすつもりだったとはなぁ。はっはっはっ」

どうやら、皇帝《こうてい》になる権利《けんり》をかけて、給食《きゅうしょく》マスターたちは自分《じぶん》のとくいな勝負《しょうぶ》で皇帝《こうてい》にいどむことができるルールみたいだ。

「皇帝《こうてい》が千本《せんぼん》を飲《の》み終《お》え、さらに牛《うし》から直接《ちょくせつ》飲《の》み始《はじ》めたとき、挑戦者《ちょうせんしゃ》がギブアップしたんでしたよねぇ」

……牛《うし》から直接《ちょくせつ》飲《の》み始《はじ》めるとか、なんだか、ものすごい話《はなし》をしているよ。

でも、一度《いちど》に牛乳《ぎゅうにゅう》を千本《せんぼん》以上《いじょう》も飲《の》むなんて、田中《たなか》くんよりすごいじゃないか！

「わしが、給食皇帝《ロイヤルマスター》の、皆食寺《かいしょくじ》ウマシである」

自己紹介《じこしょうかい》する皇帝《こうてい》に、立《た》てひざの増田先輩《ますだせんぱい》は礼儀正《れいぎただ》しく頭《あたま》をさげる。

ぼくたちは立《た》ったまま、しっかりと頭《あたま》をさげてあいさつした。

「皇帝《こうてい》、本日《ほんじつ》のお食事《しょくじ》は……？」

えんりょ深《ぶか》く聞《き》く増田先輩《ますだせんぱい》に、皇帝《こうてい》は首《くび》を横《よこ》にふった。

ふらふらとよろけながらも、スープ用《よう》の丸型食缶《まるがたしょっかん》をデザインしたイスに座《すわ》る。

「無理《むり》じゃったわい」

調理台《ちょうりだい》に似《に》せた机《つくえ》の上《うえ》を見《み》ると、たしかに手《て》つかずの給食《きゅうしょく》がのこされている。

皇帝《こうてい》は、やっぱり食《た》べられないんだ。

「そうだ、皇帝《こうてい》。おみやげがあるのです」

増田先輩《ますだせんぱい》は、マントからキュウリをとりだした。

「あ。それは、さっきの畑《はたけ》の……」

畑《はたけ》の土《つち》を食《た》べたあと、増田先輩《ますだせんぱい》は学校菜園《がっこうさいえん》のキュウリをもいでいた。

「とれたて新鮮《しんせん》なものであれば、食《た》べてくださるかと思《おも》い、持《も》ってまいりました」

そうか！

増田先輩《ますだせんぱい》は自分《じぶん》が土《つち》を食《た》べてでも、食事《しょくじ》のできなくなった皇帝《こうてい》のために、おいしい野菜《やさい》を届《とど》けようとしていたんだ。

「ふむ」

皇帝《こうてい》は、すんなりとキュウリを受《う》けとった。

「あれ？　増田先輩《ますだせんぱい》」

田中《たなか》くんは、悪気《わるぎ》なく、皇帝《こうてい》を指《ゆび》さした。

「『鍋仙人《なべせんにん》』のじいちゃんは、キュウリを食《た》べるみたいですよ」

「たっ、たたたたたっ、田中《たなか》くん！」

皇帝《こうてい》を指《ゆび》さす田中《たなか》くんに、増田先輩《ますだせんぱい》の顔《かお》は真《ま》っ青《さお》になった。

「給食皇帝《ロイヤルマスター》に変《へん》なアダナをつけて、しかも指《ゆび》でさすなんて、失礼《しつれい》すぎるぞ！」

「でも、先輩《せんぱい》。『皇帝《こうてい》は、ごはんが食《た》べられなくなってしまったんだ』って、さっき、いっていたじゃないですか」

「だからっ、指《ゆび》をさすんじゃないっ！」

ものおじしない田中《たなか》くんに比《くら》べ、増田先輩《ますだせんぱい》はかなり緊張《きんちょう》しているようだった。

「少《すこ》しは、皇帝《こうてい》に対《たい》する敬意《けいい》を持《も》ちたまえ……っ！」

ちょっとなみだ目《め》の増田先輩《ますだせんぱい》は、ヒステリックに、田中《たなか》くんを注意《ちゅうい》した。

「よいよい、増田《ますだ》くん」

皇帝《こうてい》は、緊張《きんちょう》でガチガチの増田先輩《ますだせんぱい》におちつくよう声《こえ》をかけたんだけど……。

特大《とくだい》しゃもじをにぎった皇帝《こうてい》の目《め》つきが、するどくなった。

「これ、みんなで、わけようか」

いい終《お》えて、すぐ。

ぽいっ。

「えええええっ？」

さっき受《う》けとったはずのキュウリを、空中《くうちゅう》に放《ほう》り投《な》げてしまった。

食《た》べ物《もの》を投《な》げちゃダメじゃないか！

次《つぎ》の瞬間《しゅんかん》、皇帝《こうてい》は立《た》ちあがると、特大《とくだい》しゃもじを刀《かたな》のように構《かま》えたんだ。

スパスパスパスパスパ！

投《な》げられたキュウリは空中《くうちゅう》できられて3等分《とうぶん》され、ぼくたちの目《め》の前《まえ》に落《お》ちてくる。

ぼくたちはあわてて、自分《じぶん》の目《め》の前《まえ》に落《お》ちてきたキュウリをそれぞれキャッチした。

「こ、これはっ？」

キュウリの表面《ひょうめん》をよく見《み》れば、なんと、ぼくたち3人《にん》それぞれの顔《かお》が、彫刻《ちょうこく》みたいにとてもこまかく彫《ほ》られていたんだ。

皇帝《こうてい》は特大《とくだい》しゃもじをふりまわしただけで、こんなふつうのひとにはできないことをやってしまったようだった。

「せっかくの新鮮《しんせん》なキュウリだ。キミたち3人《にん》で、わけ合《あ》って食《た》べなさい」

「しかし、これは皇帝《こうてい》のための……」

ふたたびイスに座《すわ》った皇帝《こうてい》は、弱々《よわよわ》しく首《くび》を横《よこ》にふる。

しぼりだすような、か細《ぼそ》い声《こえ》で、こういった。


「わしには、食欲《しょくよく》が、なくなってしもうた」


ごはんが食《た》べられなくなった皇帝《こうてい》には、命《いのち》の危険《きけん》がある。

ぼくはさっきの話《はなし》を思《おも》いだして心配《しんぱい》になったよ。

尊敬《そんけい》する皇帝《こうてい》に対《たい》し、増田先輩《ますだせんぱい》は「食《た》べろよ！」なんて強《つよ》くはいえない。

ましてや自分《じぶん》の顔《かお》が彫《ほ》られたキュウリを「食《た》べてください」というのもおかしい。

そのまま、おとなしくなってしまった。

「ところで、増田《ますだ》くん」

皇帝《こうてい》は重苦《おもくる》しい空気《くうき》の中《なか》、話題《わだい》を変《か》えた。

「キミが給食《きゅうしょく》マスターに推薦《すいせん》したい『田中《たなか》』ってのは、まさか、この坊主頭《ぼうずあたま》じゃないだろうな？」

皇帝《こうてい》は、田中《たなか》くんを特大《とくだい》しゃもじでさし示《しめ》した。

「はい。この子《こ》がぼくの推薦《すいせん》する、田中《たなか》くんです」

深《ふか》くため息《いき》をついてから、皇帝《こうてい》が声《こえ》をかける。

「おい、ぼうず」

「ぼうずじゃないよ」

田中《たなか》くんは、まるで親《した》しいおじいちゃんと会話《かいわ》するように返事《へんじ》した。

「御石井小学校《おいしいしょうがっこう》・5年《ねん》1組《くみ》の、田中食太《たなかたべた》だよ」

「たたたた田中《たなか》くん！」

増田先輩《ますだせんぱい》が声《こえ》をあげた。

「給食皇帝《ロイヤルマスター》に対《たい》して、なんという無礼《ぶれい》な口《くち》のきき方《かた》だ！　もっと気《き》をつかってしゃべりたまえ！」

ところが、皇帝《こうてい》は「よいよい」と、まったく気《き》にしていなかった。

「小《しょう》5か……はははは。話《はなし》にならんわなぁ」

皇帝《こうてい》は、ニコニコとはしているけれども、正直《しょうじき》いって、あんまり田中《たなか》くんのことを真剣《しんけん》に考《かんが》えてくれてはいないみたい。

「なぁ、ぼうず」

「……だからぁ、オレは田中《たなか》っていうの！　覚《おぼ》えてよ、鍋仙人《なべせんにん》のじいちゃん！」

皇帝《こうてい》はかまわず、こんな質問《しつもん》をした。

「ぼうずは、どうして給食《きゅうしょく》マスターに、なりたいんだ」

「どうしてって、そんなの決《き》まってるよ」

田中《たなか》くんは、迷《まよ》うことなくこういったんだ。

「だってオレ、給食皇帝《ロイヤルマスター》になりたいから！」

ふーん。

そうだったんだー。

知《し》らなかったよー。

って、……ん？


「えええええええええええええええっ？」


ぼくは、今日《きょう》一番《いちばん》の大《おお》きな声《こえ》をだしてしまった。

「田中《たなか》くん、なにをいってるの？」

給食皇帝《ロイヤルマスター》にむかって「給食皇帝《ロイヤルマスター》になりたいんです」っていうなんて！

いったい、なにを考《かんが》えているの？

「田中《たなか》くん、そうだったのか……」

緊張《きんちょう》しっぱなしだったはずの増田先輩《ますだせんぱい》は、小《ちい》さくおどろいた。目《め》をひらき、あごに手《て》をあて、じっと様子《ようす》をうかがっている。

「むかし、父《とう》さんが教《おし》えてくれたんだ。『食《しょく》は笑顔《えがお》をつくる』って」

お父《とう》さん？

ああ！

たしか田中《たなか》くんのお父《とう》さんは、世界一周客船《せかいいっしゅうきゃくせん》のシェフをしていて、めったに家《いえ》に帰《かえ》ってこられないんだっけ。

田中《たなか》くんはぼくのほうをむいてから、こんなことをつづけていった。

「ミノル、想像《そうぞう》してみろよ。食事《しょくじ》のない世界《せかい》なんてサイテーだぜ？　オレたちは栄養《えいよう》をとるためだけに、食事《しょくじ》をしているわけじゃないんだからな」

たしかにそうだね。

楽《たの》しい食事《しょくじ》って、なにを食《た》べたかは忘《わす》れちゃっても、楽《たの》しかったたっていうことだけは、しっかり覚《おぼ》えてるもん。田中《たなか》くんの活躍《かつやく》する給食《きゅうしょく》の時間《じかん》を思《おも》いかえしながら、ぼくはうなずいた。

それから田中《たなか》くんは、皇帝《こうてい》をしっかり見《み》つめて、こう堂々《どうどう》と宣言《せんげん》したんだ。

「『食《しょく》は笑顔《えがお》をつくる』。オレは給食《きゅうしょく》マスターになって、母《かあ》さんのレシピで世界《せかい》のみんなを笑顔《えがお》にしたい。これが、オレの夢《ゆめ》なんだ！」

田中《たなか》くんは、皇帝《こうてい》の質問《しつもん》に真剣《しんけん》にこたえた。

食は笑顔をつくる

それなのに。

「へへへへ」

皇帝《こうてい》は、せせらわらってこういったんだ。

「ぼうず。お前《まえ》にゃあ給食皇帝《ロイヤルマスター》はもちろん、給食《きゅうしょく》マスターだって務《つと》まらんわ」

さいしょっから相手《あいて》にしていない感《かん》じ。

どこか、田中《たなか》くんをみくびったいい方《かた》だった。

「お子《こ》ちゃまが、なにをえらそうに。『食《しょく》は笑顔《えがお》をつくる』などと、父《ちち》の食郎《たべろう》の言葉《ことば》を、そのましゃべっているだけじゃーないのか？」

「え、食郎《たべろう》って？」

田中《たなか》くんは、目《め》をまるくしておどろいている。

「オレの父《とう》さんの名前《なまえ》じゃないか……っ」

田中《たなか》くんのおどろきもどこ吹《ふ》く風《かぜ》で、皇帝《こうてい》はわらった。

「ははは。たしかに『食《しょく》は笑顔《えがお》をつくる』。ただ、それだけじゃない。つまり『食《しょく》は地球《ちきゅう》を救《すく》う』んじゃや。食郎《たべろう》は、まだまだ未熟《みじゅく》なぼうずに、そこまで教《おし》えてはくれなかったのかな？」

皇帝《こうてい》と田中《たなか》くんのお父《とう》さんには、いったいどういうつながりがあるんだろう？

「ひょっとしたら、ぼうずよりもわしのほうが、食郎《たべろう》のことをよく知《し》っておるかもしれんなぁ」

ひとりうなずいて、皇帝《こうてい》は、話《はなし》をきった。

「ま、とにかく。増田《ますだ》くん」

皇帝《こうてい》は、特大《とくだい》しゃもじをつえの代《か》わりに、よいしょとイスから立《た》ちあがる。

「もう帰《かえ》っとくれ。いくら増田《ますだ》くんの推薦《すいせん》でも、わしゃ、このぼうずを給食《きゅうしょく》マスターには認《みと》めてやらんぞ」

「そんなぁ！」

悲《かな》しそうな声《こえ》をあげる田中《たなか》くん。

「さあ、昼寝《ひるね》でもしようかの。食《く》わずに動《うご》くと、疲《つか》れるわい」

皇帝《こうてい》はよろよろと、となりの部屋《へや》へと歩《ある》き始《はじ》めた。

「ああ！　待《ま》ってよ、鍋仙人《なべせんにん》のじいちゃん！」

田中《たなか》くんが皇帝《こうてい》をひき止《と》めようと、1歩《ぽ》ふみだした、そのときだった。

ばたーん！

「えーっ！」

なにもないのに、皇帝《こうてい》はひとりで転《ころ》んでしまったんだ。

「は、は、は……」

口《くち》をあけ「は、は、は」となにかを伝《つた》えようとする皇帝《こうてい》のもとへ、増田先輩《ますだせんぱい》があわててかけ寄《よ》る。

「皇帝《こうてい》っ！　おケガはっ？」

「……は、は、は、はらが、へったわい」

「たいへんだ！　皇帝《こうてい》が、空腹《くうふく》のあまり、お、倒《たお》れに、なられて、しまっ、ちゃっ、たぞ！」

増田先輩《ますだせんぱい》はパニックのあまり、ミョーな言葉《ことば》づかいで状況《じょうきょう》を知《し》らせた。

「廊下《ろうか》で待《ま》っている秘書《ひしょ》の方《かた》を、呼《よ》んできてくれたまえ！」

ぼくと田中《たなか》くんは、あわてて廊下《ろうか》へかけだした。

＊

さいわい皇帝《こうてい》は、どこもケガをせずにすんだ。

中華鍋《ちゅうかなべ》をかぶっていたから、頭《あたま》を打《う》たなくてすんだのかな？

いまは奥《おく》の部屋《へや》の給食配膳台《きゅうしょくはいぜんだい》のデザインされたベッドで、点滴《てんてき》を打《う》ちながら寝《ね》ているんだって。

「そりゃあねぇ、ひとは、食《た》べなきゃ、倒《たお》れますよ」

かけつけた医者《いしゃ》は点滴《てんてき》の準備《じゅんび》をしながら、皇帝《こうてい》をしかっていた。

くだりのエレベーターの中《なか》で。

「おねがいです！　おじいちゃんを助《たす》けてくださいっ」

秘書《ひしょ》のひとが泣《な》きだした。

この秘書《ひしょ》の女《おんな》のひとは皆食寺《かいしょくじ》エミさんといって、皇帝《こうてい》の孫《まご》だったんだ。

「おじいちゃんがまた食事《しょくじ》できるように、力《ちから》を貸《か》してください」

田中《たなか》くんは秘書《ひしょ》のエミさんにむかって、力強《ちからづよ》くいいきった。

「もちろんです！　オレ、かならず皇帝《こうてい》に食《た》べてもらいます」

「そうだな、田中《たなか》くん」

増田先輩《ますだせんぱい》がうなずく。

「まずは皇帝《こうてい》に元気《げんき》になってもらわねば、キミの給食《きゅうしょく》マスター認定《にんてい》はないのだからな」

でもね。

どうやらこのときの田中《たなか》くんは、給食《きゅうしょく》マスター認定《にんてい》のことなんか少《すこ》しも考《かんが》えていなかったみたいなんだ。

「ちょっと、田中《たなか》くん」

こっそりと、ぼくはかくにんした。

「どうしたらいいか解決策《かいけつさく》がわからないことを、そんなに簡単《かんたん》にひき受《う》けてだいじょうぶなの？」

「なぁ、ミノル。皇帝《こうてい》は、楽《たの》しい食事《しょくじ》ができていないんだぜ」

「え？　ああ、そうだね」

「だったら、なんとかしてあげたいじゃん？」

自分《じぶん》の給食《きゅうしょく》マスター認定《にんてい》よりも、楽《たの》しく食《た》べられていない皇帝《こうてい》のことを、田中《たなか》くんは心《しん》配《ぱい》していたんだ。

2杯目《はいめ》

田中《たなか》&《アンド》増田《ますだ》コンビのけんちん汁《じる》

次《つぎ》の日《ひ》の放課後《ほうかご》、ぼくと田中《たなか》くんは、家庭科室《かていかしつ》へむかった。

田中《たなか》くんは特別《とくべつ》な名札《なふだ》を、家庭科室《かていかしつ》のいり口《ぐち》にかざす。

ピッ。

電子式《でんししき》のカギがあき、ぼくたちは家庭科室《かていかしつ》へはいっていった。

冷蔵庫《れいぞうこ》にはいった食材《しょくざい》や、棚《たな》に置《お》いてある道具《どうぐ》は、なんでも使《つか》っていいことになっているんだ。

家庭科室《かていかしつ》の中央《ちゅうおう》には、大《おお》きなまるいテーブルが、どーんと置《お》いてある。

そのわきで、増田先輩《ますだせんぱい》はもうすでに待《ま》っていた。

「やあ、ふたりとも。こちらへ座《すわ》ってくれたまえ」

家庭科室《かていかしつ》の、大《おお》きなまるいテーブルのそばのイスに座《すわ》る。

どうしたら皇帝《こうてい》が食《た》べられるようになるのか、話《はな》し合《あ》う約束《やくそく》をしていたんだ。

「いつ、どこで、料理《りょうり》を食《た》べてもらったらいいんだろう？」

田中《たなか》くんのつぶやきに、増田先輩《ますだせんぱい》がこたえる。

「じつは明日《あす》の昼休《ひるやす》み、この家庭科室《かていかしつ》に、皇帝《こうてい》にきていただくようおねがいをしてしまっているんだ」

「ええええっ？　はやすぎますよ！」

ぼくは思《おも》わずそう叫《さけ》んだが、田中《たなか》くんはそうは思《おも》わなかったみたい。

「いや、ミノル。ひとの命《いのち》がかかっているんだ。できるだけ、はやいほうがいい」

田中《たなか》くんの意見《いけん》を聞《き》いて、ぼくは考《かんが》えをあらためた。

人間《にんげん》が点滴《てんてき》だけで何日《なんにち》だいじょうぶなのかはぼくにはわからない。

「なんとしても、今日中《きょうじゅう》に、こたえを見《み》つけなくちゃいけないのかぁ」

「やってやるぜ！」

田中《たなか》くんは、自分《じぶん》の両《りょう》ほほをバチンとたたいて気合《きあい》をいれていた。

ピッ。

家庭科室《かていかしつ》の外《そと》から、扉《とびら》をあける電子音《でんしおん》が聞《き》こえた。

はいってきたのは、ユウナちゃんと、ミナミちゃん。

「お待《ま》たせー。あっ、増田先輩《ますだせんぱい》がいるーっ♡」

「きてやったで、田中《たなか》ぁ」

疑問顔《ぎもんがお》の田中《たなか》くんに、ぼくは説明《せつめい》をした。

「できあがった料理《りょうり》の味見《あじみ》をしてもらうために、ぼくが呼《よ》んだんだよ」

難波《なんば》ミナミちゃんは大阪出身《おおさかしゅっしん》で、料理《りょうり》のうまい、いつも元気《げんき》な女《おんな》の子《こ》だ。

田中《たなか》くんには「ライバル宣言《せんげん》」をしていて、田中《たなか》くんと同《おな》じく、給食《きゅうしょく》マスターを目指《めざ》している。家《いえ》は『難波食堂《なんばしょくどう》』っていう、人気《にんき》の定食屋《ていしょくや》さんなんだ。

くさいニオイをかがせたときだけ『帝王《ていおう》』と呼《よ》ばれ、ものすごく不機嫌《ふきげん》になるという、ふしぎなとくちょうの持《も》ち主《ぬし》なんだ。

「さてさて、全員《ぜんいん》そろったようだね。キミたちも、こちらに座《すわ》りたまえ」

ユウナちゃんは増田先輩《ますだせんぱい》のとなりにささっと座《すわ》ると、うっとりとしっかりと、先輩《せんぱい》を見《み》

つめていた。

増田先輩《ますだせんぱい》のリードで、ぼくたちは話《はな》し合《あ》いを始《はじ》めた。

「具体的《ぐたいてき》に、どんなメニューなら、皇帝《こうてい》は召《め》しあがってくれるだろうか？」

「皇帝《こうてい》は毎日《まいにち》、給食《きゅうしょく》のメニューを日替《ひが》わりで食《た》べているんですよね？」

「ああ、そうさ」

「好《す》きな給食《きゅうしょく》メニューだったら、食《た》べやすいんじゃないかな？」

「そうだね、ミノルくん。そこで、皇帝《こうてい》の大好物《だいこうぶつ》といえば」

増田先輩《ますだせんぱい》は、あるメニューを提案《ていあん》したんだ。

「けんちん汁《じる》だ」

けんちん汁《じる》？

いったい、どんなメニューなんだっけ？

「まぁ、いろいろなつくり方《かた》があるのだがね」

前置《まえお》きしてから、増田先輩《ますだせんぱい》はぼくに説明《せつめい》してくれた。

「けんちん汁《じる》とは、ダイコンやニンジンなどの野菜《やさい》、コンニャク、豆腐《とうふ》などを油《あぶら》でいためてから、だし汁《じる》をそそぎ、しょう油《ゆ》で味《あじ》つけをした、すまし汁《じる》のことさ」

追《お》って、田中《たなか》くんも教《おし》えてくれる。

「場所《ばしょ》によっては、みそで味《あじ》つけすることもあるんだぜ。先《さき》に具《ぐ》をいためてからつくるのが、けんちん汁《じる》のとくちょうなんだ」

「へぇ」

「なによりこの料理《りょうり》のよいところは、もともとは、精進料理《しょうじんりょうり》だということなのさ」

「しょうじんりょうり？」

なんだそれ？

「お坊《ぼう》さんが食《た》べている、肉《にく》や魚《さかな》を使《つか》わない、ヘルシーな料理《りょうり》だ」

それなら、皇帝《こうてい》も、食《た》べられるかもしれないね。

「よっしゃ！　食《た》べられない皇帝《こうてい》のために、けんちん汁《じる》をつくろうぜ！」

田中《たなか》くんは、やる気充分《きじゅうぶん》。

はやくもひとり立《た》ちあがり、冷蔵庫《れいぞうこ》へとかけていった。

増田先輩《ますだせんぱい》のおかげで、つくる給食《きゅうしょく》メニューはすんなりと決《き》まった。

けれどもユウナちゃんが、ちょっと不安《ふあん》そうに口《くち》をひらいた。

「あのぉ、増田先輩《ますだせんぱい》」

「なんだね？」

「給食皇帝《ロイヤルマスター》って、世界中《せかいじゅう》の給食《きゅうしょく》を知《し》りつくしたひとなんですよね？」

「ああ、そうだ。世界中《せかいじゅう》の給食《きゅうしょく》を食《た》べ歩《ある》いた男《おとこ》さ」

「じゃあ、いくら大好物《だいこうぶつ》とはいえ、そんなひとにふつうの料理《りょうり》をつくっても、食《た》べてくれないんじゃないですか？」

もっとめずらしい食《た》べ物《もの》とか、貴重《きちょう》なごちそうとか。そういうもののほうが食《た》べてくれるんじゃないのかなとユウナちゃんは考《かんが》えていた。

増田先輩《ますだせんぱい》はほほえむ。

「安心《あんしん》したまえ。皇帝《こうてい》は『一汁一菜《いちじゅういっさい》』を、とても大切《たいせつ》にしておられるのさ」

いちじゅういっさい？

聞《き》いたことがないよ。

「『一汁一菜《いちじゅういっさい》』とは、みそ汁《しる》ひとつに、おかずがひとつ。あとは、ごはん。つけ物《もの》があればもう充分《じゅうぶん》。そもそもは『粗食《そしょく》』といって、あまりごうかではない料理《りょうり》をさす言葉《ことば》だったんだ」

ぼくは、首《くび》をかしげた。

あんな大《おお》きなビルの最上階《さいじょうかい》に住《す》むひとは、毎日《まいにち》、ごちそうを食《た》べていそうなんだけど？

「皇帝《こうてい》は、ごうかでない食事《しょくじ》を大切《たいせつ》にしているんですか？」

ぼくに代《か》わってユウナちゃんが、増田先輩《ますだせんぱい》に疑問《ぎもん》をぶつけてくれた。

「ああ、そうさ。なにせ、日本《にほん》の給食発祥《きゅうしょくはっしょう》の地《ち》でさいしょにだされた給食《きゅうしょく》メニューが、まさしく『一汁一菜《いちじゅういっさい》』だったのだからね」

「給食《きゅうしょく》ハッショウの地《ち》？」

「給食《きゅうしょく》が初《はじ》めて生《う》まれた場所《ばしょ》、ってことだよ」

疑問顔《ぎもんがお》のぼくに、もの知《し》りのユウナちゃんが教《おし》えてくれた。

「じゃあ、みんな。すこーしだけ、歴史《れきし》の勉強《べんきょう》をしようか」

増田先輩《ますだせんぱい》はわらう。

「明治時代《めいじじだい》、東北地方《とうほくちほう》の、とある県《けん》に、小学校《しょうがっこう》のついたお寺《てら》があった。お寺《てら》の住職《じゅうしょく》さんがやっていたその小学校《しょうがっこう》には、貧《まず》しさからお弁当《べんとう》を持《も》ってくることができず、昼食《ちゅうしょく》を食《た》べられない子《こ》たちがいたんだ」

「えー。お昼《ひる》ごはん食《く》わへんかったら、午後《ごご》フラフラやん？」

昼休《ひるやす》みに男《おとこ》の子《こ》にまじって元気《げんき》に走《はし》りまわるミナミちゃんからすると、たしかにそんなの考《かんが》えられないことだろう。

「お弁当《べんとう》のない子供《こども》たちを見《み》て、お寺《てら》の住職《じゅうしょく》さんは考《かんが》えた。その子供《こども》たちに、無料《むりょう》で昼《ひる》ごはんをだしてあげたい、と。村《むら》のみんなで食《た》べ物《もの》をだし合《あ》い、わけ合《あ》ったのだと聞《き》く。これが、学校給食《がっこうきゅうしょく》の始《はじ》まりだといわれているんだ」

「へぇ」

「そのときのメニューが、焼《や》き魚《ざかな》に、みそ汁《しる》。ごはん。つけ物《もの》。まさしく『一汁一菜《いちじゅういっさい》』だったのさ」

「なるほどー」

「ちなみに、そのお寺《てら》の名前《なまえ》が『皆食寺《かいしょくじ》』だ」

皆食寺《かいしょくじ》？

……あ！

「給食皇帝《ロイヤルマスター》の名字《みょうじ》だ！」

日本《にほん》で給食《きゅうしょく》っていうシステムをさいしょに始《はじ》めたひとは、皇帝《こうてい》のご先祖《せんぞ》だったのかぁ。

増田先輩《ますだせんぱい》は、うなずく。

「『一汁一菜《いちじゅういっさい》』を大切《たいせつ》に考《かんが》えている皇帝《こうてい》は、ごうかな食事《しょくじ》なんか望《のぞ》んではいらっしゃらない。明日《あす》の昼休《ひるやす》み、この家庭科室《かていかしつ》で、大好《だいす》きなけんちん汁《じる》の『一汁一菜《いちじゅういっさい》』を食《た》べられるようになるんじゃないかな？」

ここで、野菜《やさい》や調理器具《ちょうりきぐ》を準備《じゅんび》していた田中《たなか》くんが、なにかに気《き》づいたんだ。

「ああ、しまった！」

「どうしたの、田中《たなか》くん？」

田中《たなか》くんは、お母《かあ》さんの秘伝《ひでん》のレシピが書《か》かれたノートを見《み》ていたんだけど……。

「増田先輩《ますだせんぱい》。けんちん汁《じる》、つくれません！」

いったい、なにがあったんだろう？

田中《たなか》くんは、頭《あたま》をかかえているんだ。

*

「時間《じかん》が、足《た》りないんです」

御石井小学校《おいしいしょうがっこう》の昼休《ひるやす》みは、30分《ぷん》しかない。野菜《やさい》を洗《あら》って、きって、いためて、煮《に》こんで、もりつけて。それから、食《た》べてもらう。

「つくって、食《た》べて、片《かた》づけてで30分《ぷん》じゃ、短《みじか》すぎるね」

20分休《ぷんやす》みに、野菜《やさい》をぜんぶきっておく？

朝《あさ》はやくにきて、つくっておく？

事前《じぜん》に準備《じゅんび》するというアイディアがでたんだけど、それに反対《はんたい》したのが、ミナミちゃんだ。

「つくってる様子《ようす》は、ぜったいに、見《み》せたほうがええよ。つくり終《お》えたものをポーンとだされるよりも、はるかに、食《た》べたなると思《おも》うで」

なるほど。

納得《なっとく》したぼくたちは、昼休《ひるやす》み中《ちゅう》の時間《じかん》だけで、調理《ちょうり》することに決《き》めた。

「でも、時間《じかん》がないっていうのは、困《こま》るよなぁ」

ぼくは思《おも》わずつぶやいた。

「ふははは、ミノルくん。時間《じかん》はつくるものさ。どれだけはやくけんちん汁《じる》をつくれるのか、いま、ためしにやってみようじゃないか」

マントの下《した》に、家庭科室《かていかしつ》そなえつけのエプロンをかける増田先輩《ますだせんぱい》。

「あっ、かわいい！　増田先輩《ますだせんぱい》が、花柄《はながら》のエプロン姿《すがた》にー♡」

ユウナちゃんは、本当《ほんとう》に増田先輩《ますだせんぱい》のファンなんだなぁ。

田中《たなか》くんも先輩《せんぱい》にならい、エプロンをかけた。こっちは迷彩柄《めいさいがら》だった。

「ミノルくん。調理《ちょうり》にかかった時間《じかん》を、正確《せいかく》に計《はか》っていてくれたまえ」

こうして、ふたりの『超時短《ちょうじたん》・けんちん汁《じる》づくり』が始《はじ》まったんだ。

田中《たなか》くんと増田先輩《ますだせんぱい》が、それぞれ動《うご》きだす。

田中《たなか》くんは、大小《だいしょう》2本《ほん》の包丁《ほうちょう》を、それぞれの手《て》に持《も》っていた。

「牛乳《ぎゅうにゅう》カンパイ係《がかり》、田中十六奥義《たなかじゅうろくおうぎ》のひとつ！　嵐《あらし》のカマイタチ☆」

包丁二刀流《ほうちょうにとうりゅう》の田中《たなか》くんは、目《め》にもとまらぬはやわざで、両手《りょうて》で野菜《やさい》をきっていく。

ダイコン、ニンジン、ゴボウに豆腐《とうふ》が、すごく小《ちい》さなかけらに、形《かたち》を変《か》えた。

「皇帝《こうてい》が食《た》べやすいよう、そして、はやく煮《に》えるよう、小《ちい》さくきざんでおいたぜ！」

すごいよ、田中《たなか》くん！

そこまで考《かんが》えているなんて！

田中《たなか》くんはきり終《お》えた野菜《やさい》を、すぐに大鍋《おおなべ》でいため始《はじ》めた。

増田先輩《ますだせんぱい》はそのとなり、湯《ゆ》を沸《わ》かすコンロの前《まえ》にいる。

ぱっと見《み》、なんにもしていないように見《み》えるんだけど……？

増田先輩《ますだせんぱい》は両手《りょうて》で包《つつ》みこむように、大量《たいりょう》の水《みず》のはいった鍋《なべ》をそっとさわった。

「増田超絶調理術《マスターミラクルクック》……灼熱★振動《ヒート・シェイカー》」

嵐のカマイタチ☆
灼熱★振動

「なんでだーっ？」

ぼくは思《おも》わず声《こえ》をあげた。

だって増田先輩《ますだせんぱい》が両手《りょうて》で鍋《なべ》をさわったとたん、水《みず》は、一気《いっき》に沸騰《ふっとう》したんだ。

おどろくぼくたちにむけて、ほほえむ増田先輩《ますだせんぱい》。

「ふふふ。電子《でんし》レンジさ」

どういうこと？

「電子《でんし》レンジは、水《みず》を振動《しんどう》させることで熱《ねつ》を発生《はっせい》させている。ぼくはいま両手《りょうて》の振動《しんどう》で、水《みず》を沸騰《ふっとう》させたのさ」

さすがは増田先輩《ますだせんぱい》だ！

ふつうのひとにはぜったいにできない方法《ほうほう》で、あっという間《ま》にお湯《ゆ》を沸《わ》かした。

いっぽうの田中《たなか》くんはいため終《お》えた鍋《なべ》に、だし汁《じる》としょう油《ゆ》をいれて、フタをした。

はやい！　ここまで、5分《ふん》だ。

あとは煮《に》るだけ。

とはいえ、やわらかくなるまで煮《に》こむには、時間《じかん》がかかる。

この作業《さぎょう》は、さすがに短縮《たんしゅく》できないよなぁ。

煮《に》こむ間《あいだ》に、ぼくたちの話題《わだい》は、給食皇帝《ロイヤルマスター》の若《わか》いころの話《はなし》になった。

「皇帝《こうてい》の若《わか》いころは、食糧《しょくりょう》が少《すく》なく、食《た》べるということが、ぼくたちの時代《じだい》よりもむずかしかったんだそうだ」

「へぇ」

「食事《しょくじ》が、汁物《しるもの》しかない日《ひ》もあった。それでも、家族《かぞく》と一緒《いっしょ》に、前《まえ》をむいてがんばって生《い》きてきたのだそうだ。けんちん汁《じる》は、そのときの大切《たいせつ》な、楽《たの》しい家族《かぞく》の味《あじ》なのだ。皇帝《こうてい》はそんなことを、ぼくに教《おし》えてくれたよ」

皇帝《こうてい》はそういう経験《けいけん》を若《わか》いころにしているから、『一汁一菜《いちじゅういっさい》』を大切《たいせつ》に考《かんが》えるようになったんだって。

楽《たの》しい、家族《かぞく》の味《あじ》かぁ。

きっと『思《おも》い出《で》の味《あじ》』ってやつなんだろうなぁ。

煮《に》こみ始《はじ》めてから、15分後《ふんご》。

くつくつと煮《に》こまれるおいしそうな音《おと》や、しょう油《ゆ》のいい香《かお》りが、ぼくたちの食欲《しょくよく》をしげきする。

「よし、完成《かんせい》だぁ！」

待《ま》ちきれないぜ、といった感《かん》じで、田中《たなか》くんはお玉《たま》を持《も》った。


「おいしいね！」

「めっちゃうまいやん！」

『超時短《ちょうじたん》・けんちん汁《じる》』は大成功《だいせいこう》。

たった20分《ぷん》でつくり終《お》えたし、味《あじ》の評価《ひょうか》もよさそうだ。

「肉《にく》も魚《さかな》もはいってへんのに、こんなにうまく、つくれるもんなんやなぁ」

料理《りょうり》のとくいなミナミちゃんがほめてくれるくらい、よくできたみたい。

ぼくも食《た》べてみたんだけれど、ものすごくおいしかったよ。

「やったね田中《たなか》くん。こんなにおいしくできるんだったら、明日《あす》、皇帝《こうてい》さんは食《た》べてくれるんじゃないかな？」

「そうだな！」

田中《たなか》くんはうれしそうだ。

「これで鍋仙人《なべせんにん》のじいちゃんも、ひさしぶりに食《た》べることができるぜ！」

「あ、そうやった……っ！」

ミナミちゃんは、なにかに気《き》づいて声《こえ》をあげた。

「ずっと食事《しょくじ》してへんひとは、このけんちん汁《じる》、食《た》べられへんで」

ミナミちゃんは、まじめな顔《かお》になって「アカンやん」とハシを置《お》いた。

「ええ？　どうしてっ？」

料理《りょうり》のうまいミナミちゃん自身《じしん》が、さっきほめてくれたじゃないか。

不安《ふあん》がるぼくに、ミナミちゃんは説明《せつめい》をしてくれる。

「たとえばな、ミノル。ゴボウは味《あじ》がでるけれど、水《みず》にとけるタイプの食物繊維《しょくもつせんい》ってのが、ぎょーさんはいってる。これはお腹《なか》に負担《ふたん》がかかる」

ミナミちゃんは困《こま》った顔《かお》をくずさない。

「コンニャクだって、小《ちい》さくきってても消化《しょうか》には悪《わる》いで。そもそも、具《ぐ》をいためるときに使《つか》う油《あぶら》も、消化《しょうか》にはよくないねん」

なんだか、雲行《くもゆ》きがあやしくなってきた。

「じゃあ、どうしたらいいの？」

ここはミナミちゃんのアイディアで、すぐに解決《かいけつ》した。

「ゴボウはできるだけ、少《すく》なめに。いためる油《あぶら》も少《すく》なめにする。あとは……」

ても、おわんにはいれない。いためるときには使《つか》って、コンニャクは、味《あじ》をだすためにいためる。

ミナミちゃんは、真剣《しんけん》に、対策《たいさく》を考《かんが》えてくれたんだ。

「なーんだ。解決《かいけつ》できたじゃないか」

でも。

「うーん。この問題《もんだい》は、どないしよう？」

ミナミちゃんの表情《ひょうじょう》が、またもやくもる。

どうやら、解決《かいけつ》できない問題《もんだい》がでてきたみたいなんだよね。

「やわらかく煮《に》こむためには、時間《じかん》がほしい。でも、昼休《ひるやす》みしか使《つか》われへんから、時間《じかん》はかけられへん」

ふたつの正反対《せいはんたい》の問題《もんだい》が、でてきてしまったんだ。

さらに。

これだけでも、やっかいなのに。

「あとな、田中《たなか》」

問題《もんだい》は、まだでてきた。

「さっきせっかく、包丁《ほうちょう》2本《ほん》でいっしょうけんめいきった具《ぐ》なんやけど……」

3つ目《め》の問題点《もんだいてん》の指摘《してき》に、田中《たなか》くんの表情《ひょうじょう》がかたくなった。

「こまかくきざむと、見《み》た目《め》がどうしても悪《わる》なるんやわ」

「え、見《み》た目《め》っ？」

意外《いがい》な指摘《してき》に、ぼくはおどろいて、声《こえ》をあげてしまった。

「そう、見《み》た目《め》。このけんちん汁《じる》は、味《あじ》と香《かお》りはええんやけど、見《み》た目《め》でソンをしてて、正直《しょうじき》、おいしそうに見《み》えへんねん」

まぁ、たしかに具《ぐ》はものすごくこまかくきざまれているから、おせじにもおいしそうには見《み》えないけど。

「でも、ミナミちゃん。食《た》べればおいしいってわかるんだから、見《み》た目《め》なんか、別《べつ》に気《き》に

・昼休み中につくり終えるため
調理には時間をかけない
・やわらかく煮るため
調理に時間をかける
・見ためをよくするため
具はこまかくきざまない

しなくてもいいんじゃないかな？」

ぼくの意見《いけん》に、ミナミちゃんは、はっきりと首《くび》を横《よこ》にふった。

「この料理《りょうり》をつくる目的《もくてき》は、食欲《しょくよく》のない皇帝《こうてい》に食《た》べさすっちゅうことやろ？　そしたら、見《み》た目《め》って、ふつうの食事《しょくじ》以上《いじょう》に、大事《だいじ》やで」

ミナミちゃんの指摘《してき》を聞《き》いた田《た》中《なか》くんは、冷静《れいせい》だった。

家庭科室《かていかしつ》の黒板《こくばん》の前《まえ》へむかう。

いままでてきた問題点《もんだいてん》を、３つ、黒板《こくばん》にメモしたんだ。

……無理《むり》だよ。

同時《どうじ》に解決《かいけつ》しなくちゃいけない

ことが、３つもあるんでしょ？

とくに①と②なんて、いってることが正反対《せいはんたい》だ。登校《とうこう》しながら、下校《げこう》はできない。出席《しゅっせき》しながら、欠席《けっせき》はできない。運動会《うんどうかい》で赤組《あかぐみ》にいながら、同時《どうじ》に白組《しろぐみ》に参加《さんか》することだってできない。

正反対《せいはんたい》のことって、同時《どうじ》にできないに決《き》まってる。

「こんなの、解決《かいけつ》できるわけがないじゃないか……」

ぼくがそうつぶやいた、ちょうどそのとき。

「ふふふふ」

ぼくのうしろから、小《ちい》さな小《ちい》さなわらい声《ごえ》が聞《き》こえたんだ。

「さあ、田中《たなか》くん。キミは、解決方法《かいけつほうほう》に、気《き》がつくかな？」

え、増田先輩《ますだせんぱい》？

もしかしてこの３つの問題《もんだい》をいっぺんに解決《かいけつ》する方法《ほうほう》が、あるっていうの？

いったい、どうやって……？

ぼくが、先輩《せんぱい》に解決方法《かいけつほうほう》を聞《き》こうとしたら。

「ミナミは、やさしいね！」

ユウナちゃんが、こんなことをいったんだ。

「いっしょうけんめい、いろんな気《き》づいたことを、田中《たなか》くんに教《おし》えてあげてさ！」

「へ？」

ミナミちゃんがかたまる。

「いくら田中《たなか》くんにライバル宣言《せんげん》していても、やっぱり、心配《しんぱい》してくれてたんだね！」

ライバルを心配《しんぱい》するミナミちゃんを、ユウナちゃんは笑顔《えがお》でほめ始《はじ》めた。

「いや。あ。いや」

「たしかに、そうだね」

ぼくもユウナちゃんに賛成《さんせい》だった。

「ライバルの心配《しんぱい》までしてくれるなんて、ミナミちゃんは、やさしいなぁ」

ミナミちゃんは、しどろもどろ。

ぼくに少《すこ》しだけ、かみついた。

「ちょっと、ミノル！　いちびったことというの、やめーや」

なんだか照《て》れたように、こうつづける。

「そもそも、うち、し、し、し、し、してへんし。田中《たなか》に興味《きょうみ》なんか、あらへんもん。うん、そうやっ。興味《きょうみ》なんか、まったくない。ぜんぜん。少《すこ》しも。なんにも。ちーとも。ひとつつも。カケラも。いっこも。小《こ》さじ1杯分《ぱいぶん》も。塩《しお》ひとつまみも。ホンマに、もう、これっぽっちも」

ミナミちゃんは、あたふたしている。

じつは、ミナミちゃんは、田中《たなか》くんのことが好《す》きなんじゃあないのかなぁ？

ぼくが転入《てんにゅう》してからこの数ヶ月《すうかげつ》の観察《かんさつ》の結果《けっか》、ぼくは、こっそり、そんなふうに考《かんが》えている。

うでを組《く》んだ田中《たなか》くんは、家庭科室《かていかしつ》の黒板《こくばん》に書《か》いた問題点《もんだいてん》を見《み》つめたままだ。

ぼくたちがぶつかった、３つの問題《もんだい》。

①昼休《ひるやす》み中《ちゅう》につくり終《お》えるため、調理《ちょうり》には時間《じかん》をかけない
②やわらかく煮《に》るため、調理《ちょうり》に時間《じかん》をかける
③見《み》ためをよくするため、具《ぐ》はこまかくきざまない

これをどうやって、同時《どうじ》に解決《かいけつ》すればいいのか。

どうやら増田先輩《ますだせんぱい》は、こたえを知《し》っているみたいなんだけど……。


ドンドンドン！


「え？」

外《そと》から、ノックの音《おと》がした。

もう誰《だれ》も、ここに呼《よ》んではいないんだけどな……？

「誰《だれ》だろう？　先生《せんせい》かな？」

それはない。

先生《せんせい》だったら、カギを持《も》っていて扉《とびら》をあけられるはずだよね。

ドンドンドンドン！

「はーい。いま、あけまーす」

ぼくは内側《うちがわ》から、扉《とびら》をあけた。

そこにいたのは……。

「おいおいおいおいおいおいおーい！」

しまった！

ノリオだ！

恐怖《きょうふ》の大王《だいおう》・大久保《おおくぼ》ノリオが、テンション高《たか》く、家庭科室《かていかしつ》に転《ころ》がりこんできた。

「こんなにうまそうなニオイがする料理《りょうり》をつくって、どうしてオレのことを呼《よ》んでくれないんだ！」

けんちん汁《じる》のいい香《かお》りにつられて、ノリオが乱入《らんにゅう》してきたんだ。

元気《げんき》な鼻毛《はなげ》が「コンニチハ☺」と、鼻《はな》の穴《あな》から顔《かお》をだしていた。

「おお、うまそうなスープだなぁ！」

転《ころ》がるようにはしゃぐノリオは、鼻息《はないき》あらく、けんちん汁《じる》の鍋《なべ》をのぞきこむ。

家庭科室中《かていかしつじゅう》の空気《くうき》をすべて、吸《す》いつくしてしまうんじゃないだろうか。

ノリオはそのくらいのフルパワーで、鼻《はな》から空気《くうき》を吸《す》いこんだ。

「うおー！　うまそうなにおいが、鼻《はな》を抜《ぬ》けていくぜ！」

元気《げんき》な鼻毛《はなげ》は、スーハー・スーハーという鼻呼吸《はなこきゅう》に合《あ》わせて、でたりひっこんだりいそがしそうだ。

香《かお》りを全力《ぜんりょく》で楽《たの》しんだあとで、ノリオは田中《たなか》くんにかけ寄《よ》った。

田中《たなか》くんの両肩《りょうかた》に手《て》をかけ、こんなことをいう。

「聞《き》いたぞ、田中《たなか》。お前《まえ》、頭《あたま》から鍋《なべ》をかぶったジイサンに、メシを食《く》わせなきゃいけないんだって？」

頭《あたま》から鍋《なべ》をかぶったジイサン？

うん、給食皇帝《ロイヤルマスター》のことだね。

「つき合《あ》ってやる！　さあ、練習《れんしゅう》だ！」

ノリオは家庭科室《かていかしつ》の備品《びひん》から、銀色《ぎんいろ》の鍋《なべ》をとってきた。

それは給食皇帝《ロイヤルマスター》のかぶっているような黒《くろ》い中華鍋《ちゅうかなべ》ではなくて、銀色《ぎんいろ》の、ずっしりと重《おも》そ

うな鍋《なべ》だった。

ノリオは、その銀色《ぎんいろ》の鍋《なべ》を頭《あたま》からかぶると、イスに座《すわ》ってふんぞりかえった。

「さあさあ。さっさと料理《りょうり》を運《はこ》んでこんかーい！」

どうやら給食皇帝《ロイヤルマスター》の役《やく》をかってでてくれたみたいなんだけど。

正直《しょうじき》、意味《いみ》がないよなぁ。

けんちん汁《じる》を、食《た》べたいだけじゃないのかなぁ？

誰《だれ》かのために、よかれと思《おも》ってやっている。

しかし迷惑《めいわく》になっている。

そういうことが、ノリオには多《おお》い。

ぼくが転入《てんにゅう》してきてすぐ、ぼくが牛乳《ぎゅうにゅう》を飲《の》めないことを知《し》ったノリオは、無理《むり》やり牛乳《ぎゅうにゅう》を飲《の》ませてきた。でもノリオ本人《ほんにん》は、ぼくが牛乳《ぎゅうにゅう》を飲《の》めるようにしてやろうというやさしさから、そういうまちがった行動《こうどう》をしていたんだ。

「ノリオ、ジャマやで」

あきれたミナミちゃんが、ノリオにむけて、ドアを指《ゆび》さす。

「頭《あたま》から鍋《なべ》なんかかぶって。ちょけるんやったら、もう帰《かえ》りぃ」

その瞬間《しゅんかん》。

「それだあっ！」

田中《たなか》くんは叫《さけ》ぶとすぐに、ノリオのもとへかけ寄《よ》った。

イスに座《すわ》ったノリオの頭《あたま》から、銀色《ぎんいろ》の鍋《なべ》を外《はず》したんだ。

「これだよ、これ！」

「あ、田中《たなか》？　この鍋《なべ》が、どうかしたのか？」

ふしぎがっているのは、ノリオだけじゃない。

ぼくも、ユウナちゃんもミナミちゃんも、田中《たなか》くんがなにをいい始《はじ》めたのか、まったく理解《りかい》ができていない。

「この鍋《なべ》を使《つか》えば、鍋仙人《なべせんにん》のじいちゃんに、けんちん汁《じる》を食《た》べてもらえるんだよっ」

田中《たなか》くんは、うれしさのあまり、ノリオの肩《かた》をバシバシたたき始《はじ》めた。

「ノリオ、サンキュー！」

「痛《いて》え、痛《いて》ぇよっ。どうした田中《たなか》。なにをそんなによろこんでんだ？」

ノリオは、よくわからないという顔《かお》をしていた。

けれども、田中《たなか》くんがあまりにうれしそうに「ノリオ、サンキュー！」とくりかえすので、そんなに悪《わる》い気《き》はしていないみたいだ。

状況《じょうきょう》をよく飲《の》みこめないぼくは、増田先輩《ますだせんぱい》に目《め》をむけた。

「そうだ、田中《たなか》くん。その鍋《なべ》なんだ」

ゆっくりとうなずいている、増田先輩《ますだせんぱい》。

どうやら、ノリオがふざけてかぶっていた鍋《なべ》が、解決《かいけつ》のカギになるみたいなんだ。

＊

翌日《よくじつ》。

昼休《ひるやす》みの家庭科室《かていかしつ》。

ぼく、田中《たなか》くん、増田先輩《ますだせんぱい》。ミナミちゃんにユウナちゃん。さらにはノリオ。

6人《にん》が待《ま》つ家庭科室《かていかしつ》に、皇帝《こうてい》と、秘書《ひしょ》のエミさんが、やってきた。

「ふん、ぼうず。増田《ますだ》くんのたっての頼《たの》みとあって、きてやったぞ」

感《かん》じの悪《わる》い、いい方《かた》だった。

「わしに、なにやら給食《きゅうしょく》のメニューを、食《く》わせるそうじゃな？」

えらそうな態度《たいど》に、ぼくは、だいぶ頭《あたま》にきた。

皇帝《こうてい》が黒板前《こくばんまえ》の席《せき》に座《すわ》り、秘書《ひしょ》のエミさんが横《よこ》に立《た》った。

イスに座《すわ》った皇帝《こうてい》を見《み》ながら、ちょっとだけ、文句《もんく》をいってしまった。

「もう！　せっかく田中《たなか》くんががんばってくれているのに、ひどいよ！」

でも田中《たなか》くんは怒《おこ》るどころか、ちょっと安心《あんしん》した顔《かお》を見《み》せたんだ。

「鍋仙人《なべせんにん》のじいちゃんがきてくれてよかったよ」

「なにいってるのさ。すごく、感《かん》じ悪《わる》かったよ！」

「きたっていうことは、鍋仙人《なべせんにん》のじいちゃんは、食事《しょくじ》ができていないこの状況《じょうきょう》を、解決《かいけつ》したいと自分《じぶん》でも思《おも》っているってことなんだぞ」

「ん？　……ああ。そういわれれば、そうかもね」

本当《ほんとう》にどうでもよかったら、わざわざここまでこないかも。

「さいしょっから食《た》べる気《き》がないんだったら、いくらこっちがおいしい給食《きゅうしょく》メニューをつくったとしても、意味《いみ》がないからな」

「なるほど」

少《すこ》し安心《あんしん》しながら納得《なっとく》していたら、増田先輩《ますだせんぱい》に注意《ちゅうい》をされた。

「キミたち、おしゃべりしている時間《じかん》はないぞ」

ぼくたちを注意《ちゅうい》してから、増田先輩《ますだせんぱい》は、皇帝《こうてい》とエミさんのもとへ歩《あゆ》み寄《よ》る。

「いまから、ぼくと田中《たなか》くんとで、給食皇帝《ロイヤルマスター》のために、とある給食《きゅうしょく》メニューをつくらせていただきます」

「ほう。いったい、なにを、つくるつもりじゃ？」

「けんちん汁《じる》です」

「な、な、な、なんじゃとおっ！」

皇帝《こうてい》は大声《おおごえ》をあげた。

叫《さけ》んだ瞬間《しゅんかん》、立《た》ちあがり、両手《りょうて》のにぎりこぶしを高《たか》くかかげて「よっしゃ！」とガッツポーズ。

かと思《おも》えば。

「あわわわわぁ」

よろけて転《ころ》びそうになってしまった。

あわててエミさんが、横《よこ》から皇帝《こうてい》を支《ささ》える。

「よしよし、増田《ますだ》くん。けんちん汁《じる》がわしの大好物《だいこうぶつ》だと、覚《おぼ》えていたようじゃな」

「もちろんです」

よろけてまでも皇帝《こうてい》は、ニコニコ顔《がお》をくずさなかった。

「うむ。こいつは楽《たの》しみじゃ。ぜひとも、つくってくれ」

大好物《だいこうぶつ》をつくると聞《き》いて、一気《いっき》に機嫌《きげん》がよくなったみたい。

ぼくは、ひそひそと、田中《たなか》くんに声《こえ》をかけた。

「田中《たなか》くん、これ、うまくいくんじゃないの？」

顔《かお》を見合《みあ》わせたぼくたちまで、皇帝《こうてい》のニコニコ顔《がお》につられて、思《おも》わず笑顔《えがお》になってしまった。

「ああ、もちろんさ。とびっきりのけんちん汁《じる》を食《た》べてもらおうぜ！」

田中《たなか》くんは、昨日《きのう》のノリオの鍋《なべ》を見《み》つめたんだ。

「用意《ようい》、始《はじ》め！」

昨日《きのう》と同《おな》じぼくのかけ声《ごえ》をキッカケに、田中《たなか》くんと増田先輩《ますだせんぱい》が動《うご》きだした。


「牛乳《ぎゅうにゅう》カンパイ係《がかり》、田中十六奥義《たなかじゅうろくおうぎ》のひとつ！　嵐《あらし》のカマイタチ☆」

「増田超絶調理術《マスターミラクルクック》……灼熱★振動《ヒート・シェイカー》」

ここまでは、昨日《きのう》とほとんど同《おな》じだった。

ただ、ミナミちゃんからのアドバイスを受《う》けた田中《たなか》くんは、野菜《やさい》をこまかくきざむことはしなかった。ごろごろと、大《おお》きめにきっていく。

昨日《きのう》より大《おお》きな、ひとくち大《だい》にきられたダイコンやニンジンは、こまかくきざんだときよりも、たしかに、ずっとおいしそうに見《み》えた。

そして、もうひとつ。

昨日《きのう》とちがうところがあった。

鍋《なべ》だ。

昨日《きのう》、ノリオは、銀色《ぎんいろ》の鍋《なべ》を頭《あたま》にかぶってふざけていた。

その鍋《なべ》を田中《たなか》くんは、ていねいに洗《あら》った。ふざけてかぶっていたわりには、ものすごく重《おも》い鍋《なべ》で、持《も》ってみたぼくはそのずしりとした重《おも》さにびっくりした。

田中《たなか》くんはいま、その銀色《ぎんいろ》の鍋《なべ》で野菜《やさい》をいためているんだ。

それから、だし汁《じる》やしょう油《ゆ》をいれ、フタをした。

「なんか、ちょっと変《か》わったフタだねぇ」

たしかにユウナちゃんのいうとおりだ。

鍋《なべ》の上《うえ》から、しっかりガチャンとカギをしめるみたいに固定《こてい》して、あかないようにできるフタだ。

フタの上《うえ》には、よく見《み》れば、牛乳《ぎゅうにゅう》ビンを高《たか》さ3センチくらいにまで縮《ちぢ》めたような形《かたち》の小《ちい》さなおもりがついていた。

「ああっ、田中《たなか》。よう考《かんが》えたわ！」

ミナミちゃんが、感心《かんしん》して声《こえ》をあげた。

「あれは、圧力鍋《あつりょくなべ》や」

あつりょく鍋《なべ》？

「なにか、ふつうとちがうの？」

「見《み》ててみい。ミノルは初《はじ》めて見《み》るん？」

「うん」

「そしたら、びっくりするでぇ」

たかが鍋《なべ》を見《み》て、おどろくわけがないじゃないか。

そう思《おも》ってはいたんだけれど。

「えーっ？」

ミナミちゃんのいったとおり、ぼくはものすごくおどろいてしまった。

「い、いったいなんなんだ、この音《おと》は……っ？」

しっかりとフタがしめられ、最大《さいだい》の強火《つよび》にかけられた鍋《なべ》からは、ふしぎな音《おと》が聞《き》こえてきたんだ。

シュンシュンシュンシュン・シュンシュンシュンシュン……。

シュンシュンシュンシュン・シュンシュンシュンシュン……。

よく見《み》ると。

フタの上《うえ》にセットされた牛乳《ぎゅうにゅう》ビン形《がた》の小《ちい》さなおもりが、鍋《なべ》の中《なか》からでてくる空気《くうき》で、はげしくゆれている。

「ガチャンとしめた鍋《なべ》の中《なか》から、空気《くうき》がもれているよっ」

「あれは空気《くうき》やない。蒸気《じょうき》や」

そういってミナミちゃんは、圧力鍋《あつりょくなべ》の説明《せつめい》をしてくれた。

「圧力鍋《あつりょくなべ》っちゅうのは、ま、いうたら魔法《まほう》の鍋《なべ》やね」

「魔法《まほう》の鍋《なべ》？」

「フタでしっかりと中身《なかみ》をとじこめて、鍋《なべ》の中《なか》の圧力《あつりょく》を高《たか》める。そうするとふつうよりも高《たか》い温度《おんど》と圧力《あつりょく》のおかげで、短時間《たんじかん》の調理《ちょうり》ができるんや」

「でも、なんか見《み》た感《かん》じ、爆発《ばくはつ》しそうなんだけど？」

「爆発《ばくはつ》するで」

え？

「下手《へた》したらドーンや」

「さらっとあぶないことをいわないでよ」

「ははは。正《ただ》しく使《つか》ってればだいじょうぶやけどね。フタをした圧力鍋《あつりょくなべ》ん中《なか》は、だいたいふつうの2倍《ばい》くらい空気《くうき》が、パンッパンにはいっててんねん。しかも鍋《なべ》の中《なか》の温度《おんど》は、120度《ど》くらいまであがるんや」

「なんでわざわざ、そんなことをするの？」

「そうすることで、野菜《やさい》はきざまなくとも信《しん》じられへんくらいにやわらかく煮《に》こまれる。

調理時間《ちょうりじかん》なんか、ふつうの3分《ぷん》の1くらいにはなるんやで」

「へぇ！　そんな鍋《なべ》が、あったんだね！」

たしかに、これは、魔法《まほう》の鍋《なべ》だよ。

「ん？　ということは……！」

田中《たなか》くんが昨日《きのう》、家庭科室《かていかしつ》の黒板《こくばん》に書《か》いていた3つの問題点《もんだいてん》を、ぼくは思《おも》いだした。

①昼休《ひるやす》み中《ちゅう》につくり終《お》えるため、調理《ちょうり》には時間《じかん》をかけない
②やわらかく煮《に》るため、調理《ちょうり》に時間《じかん》をかける
③見《み》ためをよくするため、具《ぐ》はこまかくきざまない

「圧力鍋《あつりょくなべ》を使《つか》えば、短《みじか》い時間《じかん》で、大《おお》きな具材《ぐざい》を、しっかりやわらかく煮《に》ることができるのか。……おや？」

ということはっ！

「3つとも、解決《かいけつ》しているじゃないか！」

すべての問題《もんだい》を、鍋《なべ》を変《か》えただけで、田中《たなか》くんは解決《かいけつ》してしまったんだ！

「さすがは田中《たなか》くんだ！」

ぼくは思《おも》わず声《こえ》をあげていた。

ぼくの横《よこ》にいるノリオも、きっとあんまりよくわかってはいないんだろうけれども、

「なんだか、すげーぜ！」をくりかえしていた。

昨日《きのう》、圧力鍋《あつりょくなべ》を頭《あたま》からかぶって、ふざけていたノリオ。

まさか、ノリオをキッカケにして、問題《もんだい》が解決《かいけつ》するなんて！

ありがとう、ノリオ。

ぼくはこっそりと心《こころ》の中《なか》で、ノリオにお礼《れい》をいったんだ。

ミナミちゃんのいったとおりだった。

圧力鍋《あつりょくなべ》のおかげで、調理《ちょうり》の時間《じかん》は短《みじか》くすんだ。

10分《ぷん》もたっていないのに、田中《たなか》くんはコンロの火《ひ》を消《け》しちゃったんだ。

「え？　もう消《け》すの？」

「せやで。あとは、ほったらかしや」

火《ひ》の消《き》えたコンロをはなれた田中《たなか》くんは、皇帝《こうてい》のもとへむかった。

「鍋仙人《なべせんにん》のじいちゃん。もうすぐ、けんちん汁《じる》が、できあがるよっ」

「ふーん」

皇帝《こうてい》は、田中《たなか》くんのことがあまり気《き》にいっていないのかな。

うでを組《く》んだ皇帝《こうてい》は、にやりとわらってこういった。

「いやぁ、残念《ざんねん》じゃ。てっきり、増田《ますだ》くんを中心《ちゅうしん》につくるものだと思《おも》って、期待《きたい》しておったのだがな」

皇帝《こうてい》は軽《かる》いイヤミをいったけど、田中《たなか》くんは気《き》にしない。

「オレと増田先輩《ますだせんぱい》とみんなの力《ちから》を合《あ》わせてつくった、けんちん汁《じる》。これで鍋仙人《なべせんにん》のじいちゃんも、また食事《しょくじ》ができるようになると思《おも》うよっ」

皇帝《こうてい》が返事《へんじ》をする代《か》わりに、となりに立《た》っていた秘書《ひしょ》のエミさんが、深々《ふかぶか》と頭《あたま》をさげた。

「田中《たなか》くん、本当《ほんとう》にありがとう」

このとき。

増田先輩《ますだせんぱい》は、慎重《しんちょう》に、鍋《なべ》を流《なが》しに運《はこ》んでいた。

水道《すいどう》のじゃぐちをにぎる。

じゃぐちの水《みず》を、鍋《なべ》の上《うえ》から直接《ちょくせつ》かけると……。

じゅ――――――――う！

水《みず》にいれたフライパンみたいな音《おと》が、家庭科室《かていかしつ》に響《ひび》いた。

「おいおいおいおいおいおーい！　なんだよ、この音《おと》はっ？」

びっくりしたノリオが声《こえ》をあげる。

じゃぐちの水《みず》で、鍋《なべ》の温度《おんど》と圧力《あつりょく》が少《すこ》しずつさがっていっているみたい。

しばらくして充分《じゅうぶん》に冷《さ》めたところで、田中《たなか》くんはフタをあけた。

けんちん汁《じる》のいい香《かお》りが、さらに濃《こ》くなり、家庭科室《かていかしつ》をいっぱいにした。

「あー、しょう油《ゆ》と野菜《やさい》の、ええ香《かお》りやなぁ」

けんちん汁《じる》の香《かお》りを、思《おも》いっきりかぐミナミちゃん。

……ふぅ、よかったぁ。

けんちん汁《じる》はもちろんくさいわけがないから、ミナミちゃんはこのとき『帝王《ていおう》』状態《じょうたい》にはならなかった。

田中《たなか》くんは、小皿《こざら》とお玉《たま》を用意《ようい》した。

味見《あじみ》をしてから、ひとつ大《おお》きく、満足《まんぞく》そうにうなずいた。

「味《あじ》つけも、いい。やわらかさも、充分《じゅうぶん》だ。大《おお》きめにきった野菜《やさい》も、うまそうに見《み》える」

問題点《もんだいてん》がクリアされていることをたしかめて、にこりとわらう。

「うまいっ。かんぺきだぜ！」

自信《じしん》たっぷりに1人前《にんまえ》、けんちん汁《じる》をおわんによそった。

うでを組《く》んだ給食皇帝《ロイヤルマスター》の前《まえ》には、特製《とくせい》のけんちん汁《じる》が用意《ようい》された。

「うわぁ！　これは、ぜったいにおいしいわ！」

皇帝《こうてい》の横《よこ》にいたエミさんが、目《め》をまるくしておどろいている。

「香《かお》りもいいし、見《み》た目《め》も美《うつく》しいし。本当《ほんとう》においしそう！　しかも、圧力鍋《あつりょくなべ》を使《つか》っているから、きっとおじいちゃんの胃腸《いちょう》にもやさしいわね」

ぼくたちはかけ寄《よ》って、皇帝《こうてい》を囲《かこ》む。

しずかに、かたずを飲《の》んで、皇帝《こうてい》の動《うご》きを見守《みまも》っていた。

「さあ、鍋仙人《なべせんにん》のじいちゃん」

緊張《きんちょう》の、一瞬《いっしゅん》だ。

田中《たなか》くんは、うで組《ぐ》みした皇帝《こうてい》の目《め》の前《まえ》に、ハシをさしだした。

「食《た》べてみてよっ」

＊

こんなにおいしそうなけんちん汁《じる》なら、ぜったいに食《た》べられる！

みんな、そう思《おも》っていたんだけど……。

皇帝《こうてい》はつぶやいた。

「……無理《むり》じゃな」

厳《きび》しい顔《かお》をした皇帝《こうてい》は、うでを組《く》んだままだ。

田中《たなか》くんがさしだしたハシを、うで組《ぐ》みしたまま、受《う》けとろうとすらしないんだ。

わざわざ学校《がっこう》まできたのに、なんでっ？

まさか、田中《たなか》くんにいじわるをしにきたんじゃないよね？

「おじいちゃん。このけんちん汁《じる》、ぜったいにおいしいわよ？」

「…………」

秘書《ひしょ》のエミさんの言葉《ことば》に、返事《へんじ》はなかった。

うでを組《く》んだ皇帝《こうてい》は、おわんを見《み》おろすだけ。

ダメだ。

食《た》べてもらえない。

皇帝《こうてい》を囲《かこ》んでいたぼくたちは、正直《しょうじき》、とてもがっかりしていた。

見《み》かねたエミさんが、立《た》ったまま、ふたたび皇帝《こうてい》に声《こえ》をかける。

「さっきは、『増田《ますだ》くんを中心《ちゅうしん》につくるものだと思《おも》って、期待《きたい》しておった』なんて、いっていたじゃないの。ということは、食《た》べる気持《きも》ちは、あったんでしょ？」

やっぱり、返事《へんじ》はなかった。

皇帝《こうてい》に食《た》べてもらうことは、できない。

口《くち》にはださないけれど、みんな、あきらめていたんだろう。

このとき、田中《たなか》くんは——。

「鍋仙人《なべせんにん》のじいちゃん。せめて、ハシくらいは、持《も》ってくれよ」

悲《かな》しそうに、小《ちい》さく告《つ》げた。

あとは、受《う》けとってもらえなかったハシをにぎって、ただただ、じっと、たえていた。

強《つよ》い力《ちから》でにぎられたこぶしは、くやしさで、ふるえていた。

にぎりこぶしがふるえるほど、田中《たなか》くんは、しずかに、強《つよ》く、くやしがっていたんだ。

そんな、田中《たなか》くんを見《み》ていたら。

「ねえ、皇帝《こうてい》さん」

ぼくは、いても立《た》ってもいられなくなった。

1歩前《ぽまえ》に進《すす》みでると、大《おお》きく頭《あたま》をさげたんだ。

「おねがいですから、食《た》べてくださいっ」

「え？」

「ミノルくん？」

「なにしてんねん、ミノルっ？」

みんなのおどろく声《こえ》が聞《き》こえたけれど、ぼくは、自分《じぶん》の行動《こうどう》をおさえることができなかった。

「みんなで、いっしょうけんめい考《かんが》えて、協力《きょうりょく》してつくったんです。ハシも受《う》けとらず、ひとくちも食《た》べないなんて、ひどいですよ」

皇帝《こうてい》が元気《げんき》にならないと、田中《たなか》くんを給食《きゅうしょく》マスターにする話《はな》し合《あ》いができない！

それに皇帝《こうてい》だって、元通《もとどお》り食《た》べられるようになったほうがいいに決《き》まってる！

このとき、そんなことで、ぼくの頭《あたま》はいっぱいだった。

「皇帝《こうてい》さんは、ずっと食《た》べていないんでしょ？　ぜったいに食《た》べたほうがいいですよ！　食《た》べなきゃ！　ほら、食《た》べないと、倒《たお》れちゃいますよ！」

「ミノル、やめろ」

田中《たなか》くんが止《と》めるけれども、ぼくはやめない。

「おねがいします。食《た》べてください！」

もう一度《いちど》、大《おお》きく頭《あたま》をさげた。

「やめろってば」

「だって田中《たなか》くん。みんなで協力《きょうりょく》して、いのこりしてまで準備《じゅんび》したのに！　ひとくちも食《た》べてもらえないなんて、あんまりだよ！」

田中《たなか》くんだって、にぎりこぶしがふるえるほど、くやしい思《おも》いをしているんでしょ？

さらにもう1回《かい》、頭《あたま》をさげておねがいしようとしていたら——。

「ミノルくん！　やめたまえっ」

増田先輩《ますだせんぱい》の鋭《するど》い注意《ちゅうい》が飛《と》んできて、ぼくはやっと、われにかえった。

「あ。はい。あの。その。あ」

「なぁ、ミノル」

田中《たなか》くんは、おろおろするぼくに、やさしく注意《ちゅうい》した。

「無理《むり》やり食《た》べさせられたら、誰《だれ》だって、いやだろう？」

「……あっ」

いまさら、ぼくは、してはいけないことをしてしまったことに気《き》がついた。

5年《ねん》1組《くみ》に転入《てんにゅう》してきたばかりのころ、ノリオに無理《むり》やり牛乳《ぎゅうにゅう》を飲《の》まされそうになったことがあった。

あのときは、本当《ほんとう》にいやだった。

田中《たなか》くんが助《たす》けてくれて、なんとか、そのピンチを乗《の》り越《こ》えられたんだ。

「あ。あの……」

自分《じぶん》がやられていやだったことを、ぼくは、皇帝《こうてい》にやってしまっていたんだよ。

「あああっ、ご、ごめんなさいっ」

ぼくがあわててあやまると、皇帝《こうてい》は、首《くび》を横《よこ》にふった。

「ミノルくん。増田《ますだ》くん。田中《たなか》くん。他《ほか》のみんなも。せっかく、つくってくれたというのに」

皇帝《こうてい》は、集《あつ》まったみんなをひとりずつ見《み》た。

「……食《く》えなくて、すまんな」

びっくりした。

皇帝《こうてい》が、ぼくたちにあやまったんだ。

しかも田中《たなか》くんのことを、「ぼうず」とは呼《よ》ばなかったんだから。

「田中《たなか》くんに、いじわるをしているわけじゃあない。本当《ほんとう》に、食《く》えんのじゃ」

皇帝《こうてい》は、くやしそうにつづけたんだ。

「好《す》きなはずの給食《きゅうしょく》メニューも食《く》えずに、なにが給食皇帝《ロイヤルマスター》か。わしは、自分《じぶん》が、なさけないわい」

じつは皇帝《こうてい》は、自分《じぶん》が食事《しょくじ》をとれなくなってしまったことを、ものすごく悩《なや》んでいたみたいなんだ。

食事《しょくじ》をとれず、日《ひ》に日《ひ》に体力《たいりょく》は落《お》ちていく。

それがどんなに危険《きけん》なことなのかは、皇帝自身《こうていじしん》が一番《いちばん》わかっていたみたいだ。

「みなさん、ありがとうございました」

冷《ひ》えかたまったこの場《ば》の空気《くうき》をなんとかしようと、秘書《ひしょ》のエミさんは笑顔《えがお》でみんなにお礼《れい》をいった。

それからひとりひとりにむけて、深々《ふかぶか》と頭《あたま》をさげた。

皇帝《こうてい》と一緒《いっしょ》に、ふたり、家庭科室《かていかしつ》をあとにしたんだ。

皇帝《こうてい》にけんちん汁《じる》を食《た》べてもらうことは、失敗《しっぱい》に終《お》わった。

3杯目《ばいめ》 ノリオのやさしさ

その日《ひ》、帰《かえ》りの会《かい》が終《お》わってすぐ。

「田中《たなか》くん！　ミノルくん！」

あわてふためく増田先輩《ますだせんぱい》が、5年《ねん》1組《くみ》の教室《きょうしつ》にかけこんできた。

「あっ、増田先輩《ますだせんぱい》がきたーっ♡」

ユウナちゃんを始《はじ》め、クラスの女《おんな》の子《こ》たちはキャーキャーはしゃいでいたけれど、今日《きょう》に限《かぎ》って増田先輩《ますだせんぱい》はまるで相手《あいて》にしなかった。

こんなにあせった様子《ようす》を見《み》せるなんて増田先輩《ますだせんぱい》らしくないなと、ぼくは思《おも》う。

「また、皇帝《こうてい》が倒《たお》れた……っ」

えええっ！

事態《じたい》は、どんどん深刻《しんこく》になってきた。

皇帝《こうてい》は倒《たお》れる直前《ちょくぜん》まで、食《た》べられないことをそうとう気《き》にしていたらしい。

かなり思《おも》いつめた表情《ひょうじょう》だったというから、ものすごく大《おお》きなプレッシャーを感《かん》じていたのかもしれない。

「さいわい、いまは無事《ぶじ》だ。意識《いしき》は回復《かいふく》した。ケガなど、大事《だいじ》にはならなかったようだ」

ふう。

無事《ぶじ》だと聞《き》いて、ひとまずは、安心《あんしん》したよ。

「鍋仙人《なべせんにん》のじいちゃん、つらそうだったもんなぁ」

田中《たなか》くんは、つぶやいた。

「『食《た》べてくれ！』っていう、まわりの期待《きたい》にこたえられなかったことが、つらかったのかもしれないなぁ」

田中《たなか》くんのなにげないひと言《こと》で、ぼくはかたまってしまった。

「まわりの期待《きたい》？」

それって、もしかして……？

「ぼくの、せいかな？」

ぼくが「食《た》べてくださいっ」なんて無理《むり》をいってしまったことで、皇帝《こうてい》を追《お》いつめてしまったんじゃないのかな？

たぶん、そうだ。

だってあのあと、皇帝《こうてい》は、かなしそうにしていたじゃないか。

ものすごく大《おお》きな責任《せきにん》を感《かん》じてしまい、ぼくはすっかりだまってしまった。

「あ、ミノル。別《べつ》にお前《まえ》を責《せ》めているわけじゃあないんだ」

おちこむぼくに気《き》づいた田中《たなか》くんは必死《ひっし》にフォローしてくれる。

けれどもぼくの耳《みみ》には、あんまり届《とど》いている気《き》がしない。

しかも、それだけじゃなかった。

へこんだぼくに、追《お》いうちをかけてきたのは。

「ミノルくん。ちょっと、いいかな？」

なんと、増田《ますだ》先輩《せんぱい》だったんだ。

「厳《きび》しいようだが、この機会《きかい》にひとつ、いっておきたいことがある」

いつだって余裕《よゆう》のあるようにしか見《み》えない増田先輩《ますだせんぱい》だったんだけど、このときばかりは、あせった様子《ようす》をかくさなかった。

ぼくがでしゃばったせいで、皇帝《こうてい》は倒《たお》れてしまった。

ものすごく、責任《せきにん》を感《かん》じるよ。

「一度《いちど》、伝《つた》えたはずだ。ミノルくん」

増田先輩《ますだせんぱい》の顔《かお》つきは、冷《つめ》たく、厳《きび》しい。

「皇帝《こうてい》に万《まん》が一《いち》のことがあったら、田中《たなか》くんはもう二度《にど》と、給食《きゅうしょく》マスターになることができなくなってしまうんだぞ」

それは、わかってるよ。

ぼくだって、田中《たなか》くんには給食《きゅうしょく》マスターになってほしい。

夢《ゆめ》をかなえてほしいんだ。

「皇帝《こうてい》が食事《しょくじ》をとれるようになること。ここに、田中《たなか》くんが給食《きゅうしょく》マスターになれるかどうかがかかっている」

「それは、わかってます！」

「わかっているなら、おねがいだから、よけいなことはやめてくれたまえ」

ひとさし指《ゆび》をぼくにむけて、増田先輩《ますだせんぱい》はいいはなつ。


「これ以上《いじょう》、ジャマするんじゃない！」


ジャマ？

え、ジャマって、ひどいよ。

ぼくは、田中《たなか》くんや皇帝《こうてい》のことを思《おも》いやっていたつもりなんだ。

そりゃ、ぼくは田中《たなか》くんみたいなスーパーヒーローではない。

増田先輩《ますだせんぱい》のような、みんなが尊敬《そんけい》する天才《てんさい》でもない。

ミナミちゃんのように料理《りょうり》がうまいわけでもなければ、ユウナちゃんのような頭《あたま》のよさもない。

でも、だからってジャマだなんて！

いや、でも……。

元気に
あいさつ
7
月
月 火 水 木 金
1 国語 算数 家庭 国語 音楽
2 理科 図工 家庭 体育 算数
3 算数 図工 国語 算数 体育
4 社会 体育 書写 英語 国語
理科 英語 社会 総合
道徳 社会 総合
給
DON'T

ひょっとしたらぼくは、転入《てんにゅう》してからずっと、田中《たなか》くんの足《あし》をひっぱりつづけてきたのかな？

ああ、そうか。

ぼくは、田中《たなか》くんに助《たす》けてもらってばっかりだったんだ。

「ミノルくん」

混乱《こんらん》ぎみのぼくに、増田先輩《ますだせんぱい》は、ゆっくりと告《つ》げた。

「理由《りゆう》があって、ぼくは、いっているんだよ」

え、理由《りゆう》って、なに？

いろんな考《かんが》えがぐちゃぐちゃと、ぼくの頭《あたま》の中《なか》に浮《う》かぶ。

でも、増田先輩《ますだせんぱい》がなぜそんなことをいっているのかなんて、ぼくにはまったくわからなかった。

たったひと言《こと》、やっとのことで、口《くち》からでてきた言葉《ことば》は……。

「……田中《たなか》くん、ジャマして、ごめんね」

泣《な》きそうになるのをぐっとこらえて、ぼくは走《はし》って正門《せいもん》へとむかう。

「おい、ミノル！　待《ま》てよ」

「田中《たなか》くん、待《ま》ちたまえっ」

増田先輩《ますだせんぱい》の声《こえ》は、厳《きび》しい。

「キミには、今後《こんご》のことを話《はな》さねばならないのだ」

ぼくを追《お》いかけようとした田中《たなか》くんが、先輩《せんぱい》にひき止《と》められるのが聞《き》こえた。


正門《せいもん》をでて、なみだ目《め》で通学路《つうがくろ》を歩《ある》いていたら。

「おい、ミノル！」

うしろから、ぼくを呼《よ》ぶ声《こえ》が聞《き》こえたんだ。

「聞《き》いてんのか、ミノル。待《ま》てってば」

ああ、田中《たなか》くん！

やっぱり追《お》いかけてきてくれたんだね。

ところが。

ふりかえったぼくの目《め》にはいった人物《じんぶつ》は……。

＊

「ノリオじゃないか！」

ノリオが、走《はし》って、追《お》いかけてきていた。

息《いき》をきらせたノリオは、ぼくに追《お》いつくなり、こんなことをいったんだ。

「誰《だれ》にも、いうなよ。ふひひひひ」

ノリオの急《きゅう》な登場《とうじょう》に、ぼくはびっくりしてしまった。

大《おお》きな体《からだ》を小《ちい》さくして、ノリオはぼくに耳《みみ》うちした。

「いま、廊下《ろうか》を歩《ある》いてたらな……」

ノリオは、さもおかしそうにわらう。

「多田見先生《ただみせんせい》のズボンのチャックが、１００パーセント全開《ぜんかい》だったんだ！」

え？

そんなしょーもないことを知《し》らせるために、わざわざ走《はし》ってきたっていうの？

しかも、「100パーセント全開《ぜんかい》」って、たぶん「全開《ぜんかい》」で通《つう》じると思《おも》うんだけど？

「いやぁ、びっくりするほど全開《ぜんかい》だったぜぇ」

「それ、ちゃんと先生《せんせい》に教《おし》えてあげたんだよね？」

ノリオは胸《むね》を張《は》った。

ところが首《くび》を、横《よこ》にふった。

「なんで！」

多田見先生《ただみせんせい》、かわいそうに。

「いじわるしちゃ、ダメじゃないか」

「いじわるじゃあない。親切《しんせつ》だ」

「え？」

いっている意味《いみ》がわからなかった。

「あそこでオレは、考《かんが》えたんだ。みんながうじゃうじゃと下校《げこう》している廊下《ろうか》で、下手《へた》に『先生《せんせい》、全開《ぜんかい》ですよ』なんていってみろ。下級生《かきゅうせい》から上級生《じょうきゅうせい》まで、みんなの注目《ちゅうもく》の的《まと》だ。多田見先生《ただみせんせい》だって、きっと恥《は》ずかしがるにちがいない」

「それは、そうだね」

「だからオレは、叫《さけ》んだんだ」

「叫《さけ》んだ？」

どういうこと？

「『見《み》るな！　見《み》るなよ！　みんな、見《み》ちゃダメだ！　多田見先生《ただみせんせい》のズボンのチャックだけは、みんな、ぜったいに見《み》るんじゃないぞ！』ってな」

「なにしてんのーっ！」

思《おも》わず大声《おおごえ》をあげてしまった。

「そんなことしたら、みんな注目《ちゅうもく》するに決《き》まってるじゃないか！」

「そうなのか？」

ノリオは、本気《ほんき》で聞《き》きかえしてきた。

「多田見先生《ただみせんせい》も、全開《ぜんかい》のチャックなんかみんなから見《み》られたくないに決《き》まってると思《おも》ったから、オレは『見《み》るな！』と、みんなに注意《ちゅうい》をしたつもりだったのに」

ノリオには、こういうありがた迷惑《めいわく》なところがある。

ぼくが御石井小学校《おいしいしょうがっこう》へ転入《てんにゅう》してきた初日《しょにち》も、そうだった。牛乳《ぎゅうにゅう》を飲《の》めないぼくに、「なんてやさしいんだ」と自分《じぶん》で自分《じぶん》をほめながら、牛乳《ぎゅうにゅう》を無理《むり》やり飲《の》ませようとしてきた。

ノリオが「誰《だれ》かのために」と思《おも》って行動《こうどう》することが、じつは、まわりのみんなの迷惑《めいわく》になっている。そんなことが、実際《じっさい》によくあるんだ。

「で、それから、どうなったの？」

「さすがの多田見先生《ただみせんせい》も、『大久保《おおくぼ》くん、こっそり教《おし》えてくださいよ！』って、ほんのすこーしだけ怒《おこ》ってたな」

「……それは、ひどい目《め》にあったね」

もちろん、多田見先生《ただみせんせい》が、ね。

「いやぁ、親切《しんせつ》って、むずかしいぜぇ」

ノリオは、ヘラヘラわらっていた。

ところが急《きゅう》に、真剣《しんけん》な顔《かお》を見《み》せたんだ。

「だから、気《き》にすんな」

「え？」

「親切《しんせつ》はむずかしい。だから、気《き》にすんなっていってんだよ」

とつぜん、なにをいいだしたのか、わからない。

「お前《まえ》は、田中《たなか》や鍋仙人《なべせんにん》のためを思《おも》って、鍋仙人《なべせんにん》に食《く》わせようとしたんだろ？」

「あ、うん」

「でも、その親切《しんせつ》だと思《おも》ってやったことに、増田先輩《ますだせんぱい》は怒《おこ》っていた。ジャマだといった」

「うん」

「田中《たなか》は、ぜったいに、お前《まえ》のことをジャマだなんて思《おも》っていない」

おどろいたよ。

どうやらノリオは、ぼくのことをはげますために、わざわざ追《お》いかけてきてくれたみたいなんだ。

「だから、気《き》にすんな、ミノル」

親指《おやゆび》を立《た》て、歯《は》をキラリと見《み》せ、さわやかにわらうノリオ。

「……うん。ありがとう！」

気にすんな
DON'T WORRY

ノリオの言葉《ことば》に元気《げんき》をもらい、すっかり笑顔《えがお》になっているのが、鏡《かがみ》を見《み》なくても自分《じぶん》でわかる。

「お前《まえ》は、よっぽど、田中《たなか》のことが好《す》きなんだなぁ」

ぼくが元気《げんき》をとり戻《もど》したのをかくにんして、ノリオは安心《あんしん》したようだった。

ノリオは「じゃあな」といいのこし、くるりとまわれ右《みぎ》をする。

のしのしという足《あし》どりで、いまきた道《みち》を帰《かえ》っていった。

「ノリオって、意外《いがい》といいやつだなぁ」

ちょっとだけ、ノリオのことがカッコよく思《おも》えたよ。

「でもなぁ。ふふふ」

別《わか》れぎわのノリオを思《おも》いだして、ぼくは、わらいをこらえるのに必死《ひっし》だった。

親指《おやゆび》を立《た》て、歯《は》をキラリと見《み》せ、さわやかにわらうノリオ。

でも、その鼻毛《はなげ》はやっぱり、元気《げんき》に「コンニチハ☺」していたんだよなぁ。

*

翌日《よくじつ》の朝《あさ》。

登校班《とうこうはん》の待《ま》ち合《あ》わせ場所《ばしょ》に、ぼくは少《すこ》し、はやめにむかった。

昨日《きのう》、ぼくが走《はし》って帰《かえ》ってしまったあとに、田中《たなか》くんと増田先輩《ますだせんぱい》がいったいなにを話《はな》し合《あ》ったのかが気《き》になっていたんだ。

「田中《たなか》くん、おはよう！」

集合場所《しゅうごうばしょ》にかけ寄《よ》るぼくに、田中《たなか》くんは、まっさきに頭《あたま》をさげた。

「ミノル、ごめんな」

「え？」

「昨日《きのう》、お前《まえ》をきずつけるようなことをいっちゃって」

「田中《たなか》くん？」

「オレ、自分《じぶん》でそんなつもりなかったんだ」

「ああ、だいじょうぶだよっ。もう気《き》にしてないし。ぼくのほうが、かなり気《き》にしすぎだったと思《おも》ってるし。心配《しんぱい》かけてごめんね」

なんだか、こっちがもうしわけないぐらいだよ。

ぼくは話《はなし》を変《か》えようと、昨日《きのう》の増《ます》田《だ》先輩《せんぱい》との話《はなし》を、田中《たなか》くんに尋《たず》ねた。

増《ます》田《だ》先輩《せんぱい》との話《はな》し合《あ》いで、もう1回《かい》、皇帝《こうてい》に学校《がっこう》へきてもらうことに決《き》まったんだって。

「もう次《つぎ》は、ぜったいに失敗《しっぱい》できないぞ」

決意《けつい》の表情《ひょうじょう》で、田中《たなか》くんはつぶやいた。

「鍋《なべ》仙人《せんにん》のじいちゃんが、わらって、また食事《しょくじ》をとれるようにしてみせるさ」

『食《しょく》は笑顔《えがお》をつくる』。

田中《たなか》くんは、お父《とう》さんの教《おし》えを、しっかり守《まも》ろうとしているんだなぁ。

「おはよー」

集合《しゅうごう》時間《じかん》ぴったりに、まじめなユウナちゃんが到着《とうちゃく》し、ぼくたちは学校《がっこう》へむかった。

びっくりした。

この日《ひ》の田中《たなか》くんは、なんとっ、授業中《じゅぎょうちゅう》に1秒《びょう》だって眠《ねむ》らなかったんだ。

……まぁ、そもそも、本当《ほんとう》は寝《ね》たらいけないんだけどさ。

とにかく、給食《きゅうしょく》の時間《じかん》まで1日《にち》ずっと起《お》きている田中《たなか》くんを、ぼくは初《はじ》めて見《み》たんだ。

お母《かあ》さんの秘伝《ひでん》のノートを見《み》ながら、メモをとっては頭《あたま》をかかえる。

ずーっと、皇帝《こうてい》にどうやって食《た》べてもらうかを考《かんが》えていた。

でも。

残念《ざんねん》ながら、いいアイディアは、なかなか思《おも》い浮《う》かばないみたいだった。


とうとう給食《きゅうしょく》の時間《じかん》になってしまった。

ごはんに、牛乳《ぎゅうにゅう》。

水《みず》で練《ね》った小麦粉《こむぎこ》でつくった、和風《わふう》だしの、すいとん汁《じる》。

ブリの照《て》り焼《や》きがメインのおかずだ。

今日《きょう》のメニューが、みんなの机《つくえ》の上《うえ》に並《なら》んだ。

「いた～だき～ます！」

「「いた～だき～ます！」」

給食《きゅうしょく》が始《はじ》まっても、同《おな》じ給食班《きゅうしょくはん》の田中《たなか》くんは、皇帝《こうてい》に食事《しょくじ》をさせる方法《ほうほう》をひたすら考《かんが》えつづけていた。

だから牛乳《ぎゅうにゅう》カンパイ係《がかり》の仕事《しごと》に、すぐにはとりかからなかったんだ。

クラスのみんなが、ざわつき始《はじ》める。

「あれ？」

「今日《きょう》の田中《たなか》くん、1日《にち》ずっと、おとなしいね」

「田中《たなか》、今日《きょう》は、給食《きゅうしょく》パフォーマンスをしないのかな？」

クラスのざわつきが大《おお》きくなっていった、そのとき……。

アイツが、動《うご》いたっ。

「てめーらぁ、ちゅーもくしろぉ！」

ノリオは、ノリオなりに、教室《きょうしつ》の空気《くうき》を読《よ》んだ。

田中《たなか》くんが動《うご》けないなら、自分《じぶん》が5年《ねん》1組《くみ》をもりあげねばならない！

ノリオの心《こころ》の中《なか》にあったのは、目立《めだ》とう精神《せいしん》なんかじゃなかった。

きっと、使命感《しめいかん》だったんだ。

みんなのためにと思《おも》って、ノリオは、いきおいよく立《た》ちあがった。

「今日《きょう》は、田中《たなか》に代《か》わって、オレサマが給食《きゅうしょく》をもりあげてやる！」

教室中《きょうしつじゅう》のみんなが、ノリオを見《み》あげる。

パチン。

ノリオは、両方《りょうほう》の手《て》のひらを、自分《じぶん》の頭《あたま》の上《うえ》で、拝《おが》むように合《あ》わせた。

「むむむむむむむむ……」

力《ちから》いっぱいに目《め》を閉《と》じて、集中力《しゅうちゅうりょく》を高《たか》めている。

ガッと全力《ぜんりょく》で目《め》を見《み》ひらくと、大《おお》きな声《こえ》で、叫《さけ》んだんだ。

「今日《きょう》のおかずは、鰤《ブリ》！」

頭《あたま》の上《うえ》で手《て》を合《あ》わせたまま、いちいち「ブリ！」と叫《さけ》ぶたび、大《おお》きな体《からだ》をくねらせて、
おしりをブリブリふり始《はじ》めた。

「ブリ♪　ブリ♪　ブリ・ブリ・ブリ♪」

オリジナルのおかしなリズムで、おしりをふりふり、踊《おど》りながら、教卓《きょうたく》の前《まえ》へと進《すす》みでる。

5年《ねん》1組《くみ》を、もりあげよう。

そう思《おも》ったノリオは、食事中《しょくじちゅう》にもかかわらず、下品《げひん》な踊《おど》りを始《はじ》めちゃったんだよ。

「ブリ♪　ブリ♪　ブリ・ブリ・ブリ♪」

ノリオ！

なにしてるんだ！

そういうの、給食中《きゅうしょくちゅう》にやらないでよ！

昨日《きのう》はげましてくれたときに、ちょっとだけカッコイイと思《おも》ったことを、ぼくは心《こころ》の底《そこ》から後悔《こうかい》した。

もちろんこんなの、クラスの女《おんな》の子《こ》たちがだまっちゃいない。

「ノリオ。いいかげんにしぃや！」

とりわけミナミちゃんは、顔《かお》をしかめて本当《ほんとう》にいやがっていた。

「ブリ♪　ブリ♪　ブリ・ブリ・ブリ♪」

もしかして？　この踊《おど》りの手《て》の位置《いち》や体《からだ》の動《うご》きは、海《うみ》からつりあげられたばかりの魚《さかな》をイメージしているのかな？

「こら、ノリオ！　聞《き》いてんのか！」

「ブリ♪　ブリ♪　ブリ・ブリ・ブリ♪」

ノリオはみんなをもりあげようと、頭《あたま》の上《うえ》で手《て》のひらを合《あ》わせたまま、必死《ひっし》におしりをふりつづける。

踊《おど》りながら、じわじわと、今度《こんど》はミナミちゃんのもとへと近《ちか》づいていった。

「ノリオ！　やめぇや！」

ミナミちゃんが、ノリオの両手《りょうて》をさげさせようと、近《ちか》づいた、そのときだった。

「ぐぇぇぇぇぇぇぇっぷ」

あまりにおしりをふりすぎたせいで、胃腸《いちょう》がしげきされたんだろうか？

ミナミちゃんの顔《かお》の近《ちか》くで、ノリオは、げっぷをしてしまった。

え？

ミナミちゃんの、顔《かお》の、近《ちか》くで？

これは、もしや……。

「「「ダメーッ！」」」

クラスのみんなは叫《さけ》んだけれども、ときすでにおそし。

顔《かお》をしかめる、ミナミちゃん。

くさいニオイをかいでしまった、ミナミちゃんが——。

「……おうおう、ノリオ。下品《げひん》なんも、たいがいにせぇや」

『帝王《ていおう》』状態《じょうたい》になっちゃった！

ミナミちゃんは、大柄《おおがら》なノリオを、下《した》からキッとにらみつける。

踊《おど》りを中断《ちゅうだん》したノリオは、あからさまに、怖《こわ》がり始《はじ》めた。

「お、お、おちつけミナミ！」

たまらず2、3歩《ぽ》あとずさる。

「オ、オレサマはただ、楽《たの》しいふんいきの中《なか》で、給食《きゅうしょく》を食《た》べたかっただけなんだ！」

ブリ
ブリ
ブリ
ブリ
RI BURI
ブリ
ブリ

「楽《たの》しいふんいきだぁ？」

このときのミナミちゃんの目《め》は、本気《ほんき》で、怖《こわ》かったよ。

「こんな下品《げひん》なふんいきの中《なか》で、食《た》べたり飲《の》んだりしたないわ！　そないに目立《めだ》ちたいんやったらなぁ、大阪駅近《おおさかえきちか》くの真《ま》っ赤《か》な観覧車《かんらんしゃ》のゴンドラの外《そと》にくくりつけて、が――っと高速回転《こうそくかいてん》させてから、ダーツの的《まと》にしてまうぞ、この、いちびりが！」

「オレは、ただ、みんなが楽《たの》しくわらってくれると思《おも》って……っ！」

説明《せつめい》しながらおびえるノリオに、こんなことをいったんだ。

「食事《しょくじ》のふんいきって、めっちゃ思《おも》い出《で》にのこるんやで！」

おや？

どうしたんだろう？

いまのミナミちゃんの言葉《ことば》を聞《き》いた田中《たなか》くんは、なにかにハッと、気《き》づいたような表情《ひょうじょう》を見《み》せているんだ。

「食事《しょくじ》の、ふんいき、かぁ……」

「田中《たなか》くん？」

田中《たなか》くんがひとさし指《ゆび》をくちびるにあてたので、ぼくはだまった。

「皇帝《こうてい》に食事《しょくじ》をとらせる方法《ほうほう》を、なんか、ひらめきそうなんだ」

いまのミナミちゃんの言葉《ことば》に、どんなヒントがあったのかな？

＊

「ごちそうさまの前《まえ》に」

多田見先生《ただみせんせい》が、クラスのみんなに話《はな》しかけた。

「ひとつ、今日《きょう》の給食《きゅうしょく》に関連《かんれん》して、お話《はなし》をさせてください」

「げぇ！」

おどろきの声《こえ》をあげたノリオは、てっきり自分《じぶん》が怒《おこ》られるものだとばかり思《おも》っていたようだ。

すぐに、やりすぎなくらいのまじめな顔《かお》をつくった。ぴんと背筋《せすじ》をのばし、「これでもか」というくらいに、まっすぐに多田見先生《ただみせんせい》を見《み》つめ始《はじ》めた。

「今日《きょう》の給食《きゅうしょく》にでてきた、『すいとん汁《じる》』のお話《はなし》です」

「おお！　『ブリブリ踊《おど》り』を怒《おこ》られるんじゃないんだな。よかったぜぇ」

ノリオが「ブリブリ」といった瞬間《しゅんかん》、クラスの女《おんな》の子全員《こぜんいん》が、ノリオをキッとにらみつける。

ノリオはたまらず、大《おお》きな体《からだ》を縮《ちぢ》こまらせた。

「いまではおいしい、すいとん汁《じる》ですが、むかしは、つくり方《かた》がまるっきりちがっていたのだそうです」

むかしのすいとん汁《じる》は、正直《しょうじき》、あんまりおいしくなかったらしい。

「食糧不足《しょくりょうぶそく》の中《なか》、あまりおいしくないすいとん汁《じる》でなんとか食《く》いつなぎ、ギリギリ生《い》きのびたひとだっていたのですね」

「えー。食《た》べ物《もの》がないなんて、かわいそう！」

ユウナちゃんが、思《おも》わず口《くち》にした。

「なるほど。たしかに三田《みた》さんのいうとおり、食糧《しょくりょう》が不足《ふそく》していれば、おなかがすく。それは、かわいそうなことなのかもしれません。しかし、先生《せんせい》にも経験《けいけん》があるのですがね――」

多田見《ただみ》先生《せんせい》はつづけた。

「たとえ貧《まず》しい食事《しょくじ》でも、家族《かぞく》や仲間《なかま》や大切《たいせつ》なひとたちと一緒《いっしょ》に、よいふんいきの中《なか》で食《た》べる。そうすれば、たちまちその料理《りょうり》は、なににも代《か》えられないくらいにおいしい食事《しょくじ》に変《か》わってしまうのかもしれませんよ」

ぼくは、この話《はなし》を聞《き》いて。

増田《ますだ》先輩《せんぱい》から教《おし》えてもらっていた、皇帝《こうてい》の若《わか》いころの話《はなし》を、思《おも》いだした。

どんなに貧《まず》しくても、前《まえ》をむいて、家族《かぞく》で生《い》きてきた皇帝《こうてい》。

食糧難《しょくりょうなん》のつらい時代《じだい》に、家族《かぞく》みんなで、わいわい楽《たの》しく食《た》べたけんちん汁《じる》は、忘《わす》れられない、皇帝《こうてい》の『思《おも》い出《で》の味《あじ》』なんだそうだ。

「ああ、そうか！」

急《きゅう》に、田中《たなか》くんが声《こえ》をあげた。

「どうしたの、田中《たなか》くん？」

「ミノル。やっと、ひらめいたんだよ！」
田中《たなか》くんは、皇帝《こうてい》に食事《しょくじ》をとらせる方法《ほうほう》に、とうとうたどりついたみたいなんだ。
そのカギは――。
ノリオを怒《おこ》ったミナミちゃんの言葉《ことば》。
さっきの多田見《ただみ》先生《せんせい》の話《はなし》。
このふたつの話《はなし》の中《なか》に、かくれていたんだって！

日直《にっちょく》の「ごちそうさま」のあとで、田中《たなか》くんはぼくにこんなことをいった。
「思《おも》い出《で》の味《あじ》って、味《あじ》つけだけで決《き》まるわけじゃあないんだよ！」
ミナミちゃんがノリオにいっていたみたいに、食事《しょくじ》と、思《おも》い出《で》は、くっついている。
多田見《ただみ》先生《せんせい》がいったみたいに、食事《しょくじ》をするときのふんいきって、ものすごく大切《たいせつ》だ。
けんちん汁《じる》は、たしかに、皇帝《こうてい》の思《おも》い出《で》の味《あじ》だった。
家族《かぞく》との思《おも》い出《で》がつまった、大切《たいせつ》な料理《りょうり》だ。
思《おも》い出《で》のつまった料理《りょうり》を、田中《たなか》くんたちは、皇帝《こうてい》のためにつくると決《き》めた。

そこまでは、よかったんだけど――。

食事《しょくじ》の『ふんいき』までは、考《かんが》えることができていなかったんだ。

昨日《きのう》の家庭科室《かていかしつ》では、皇帝《こうてい》ひとりを、みんなでとり囲《かこ》むようにして食《た》べさせようとした。

ぼくなんて、無理《むり》やり食《た》べさせようとしちゃったし。

皇帝《こうてい》を囲《かこ》んで見《み》ていたみんなも、緊張感《きんちょうかん》でいっぱいだった。

あんなピリピリしたふんいきの中《なか》での食事《しょくじ》は、最悪《さいあく》だ。

実際《じっさい》に、給食《きゅうしょく》で食《た》べられないものがあるときに、みんなに囲《かこ》まれるのは、ものすごくつらい。

ぼくにはにがてな食《た》べ物《もの》がたくさんあって、みんなに囲《かこ》まれながら食《た》べたこともあるから、そのつらさがすごくわかるんだ。

田中《たなか》くんは、頭《あたま》をかいた。

「オレ、自分《じぶん》でいつも、いっていたのにな。【みんなで、楽《たの》しく、食《た》べる】って。なんで、気《き》づかなかったんだろう？」

「どういうこと？」

「鍋仙人《なべせんにん》のじいちゃんはずっと、給食《きゅうしょく》タワーの最上階《さいじょうかい》で、たったひとりで食《た》べてたんだぜ？」

「ああ、そうだったよね」

ビルの下《した》の階《かい》にある給食《きゅうしょく》レストランから、食事《しょくじ》のたびに、世界《せかい》のメニューを持《も》ってこさせている。そんなことを、たしかに、増田先輩《ますだせんぱい》はいっていたよ。

「毎日《まいにち》の食事《しょくじ》を、ひとりで、ぽつんと、食《た》べていたんだよ」

ひとりで、ぽつんと、食《た》べる。

田中《たなか》くんがいつも大切《たいせつ》にしている【みんなで、楽《たの》しく、食《た》べる】とは、まったく逆《ぎゃく》の状《じょう》態《たい》だ。

「そんなさみしい食事《しょくじ》、食《た》べたくなくてとうぜんだろ？」

たしかにそうだ。

「じゃあ田中《たなか》くん。いったい、どうやって、問題《もんだい》を解決《かいけつ》するつもりなの？」

「簡単《かんたん》さ」

田中《たなか》くんはわらう。

「家族《かぞく》の思《おも》い出《で》のけんちん汁《じる》を、【みんなで、楽《たの》しく、食《た》べる】んだよ」

いったいどんな方法《ほうほう》を、思《おも》いついたんだろう？

＊

「これで、鍋仙人《なべせんにん》のじいちゃんに、食《た》べてもらうことができるぞ！」

解決方法《かいけつほうほう》を思《おも》いついた田中《たなか》くんは、すばやかった。

昼休《ひるやす》みのサッカーにいく代《か》わりに、どこかへ急《いそ》いでむかっていく。

「あ！　待《ま》ってよ、田中《たなか》くん」

一段《いちだん》とばしで階段《かいだん》をあがった、その先《さき》は。

「おやおや、キミたち。めずらしいな」

増田先輩《ますだせんぱい》のいる、６年《ねん》１組《くみ》だった。

「見《み》つかりましたっ！」

6年生《ねんせい》の教室《きょうしつ》に、えんりょなくかけこむ田中《たなか》くん。

ひとつ上《うえ》の学年《がくねん》の教室《きょうしつ》にぼくはだいぶビクビクしながら、田中《たなか》くんのうしろについてはいっていった。

「増田先輩《ますだせんぱい》！　やっと、解決方法《かいけつほうほう》が見《み》つかったんです！」

先輩《せんぱい》は、ふわふわの白《しろ》い毛皮《けがわ》でつくられたやたら高《たか》そうなランドセルに、自分専用《じぶんせんよう》のハシとランチョンマットをしまっているところだった。

「すばらしい！　さすがは田中《たなか》くんだ」

上品《じょうひん》な拍手《はくしゅ》でたたえる増田先輩《ますだせんぱい》。

「で、先輩《せんぱい》。来週《らいしゅう》の月曜日《げつようび》の、給食《きゅうしょく》の時間《じかん》に、鍋仙人《なべせんにん》のじいちゃんを5年《ねん》1組《くみ》に呼《よ》んでもらえませんかっ？」

おや？

給食《きゅうしょく》の時間《じかん》に、5年《ねん》1組《くみ》に呼《よ》ぶの？

前回《ぜんかい》みたいに、昼休《ひるやす》みの家庭科室《かていかしつ》にきてもらうわけではないんだね？

「わかった。交渉《こうしょう》してみよう」

「それと……」

ここで田中《たなか》くんは、先輩《せんぱい》に意外《いがい》な提案《ていあん》をしたんだ。

「今回《こんかい》はオレ、皇帝《こうてい》のためのけんちん汁《じる》を、ひとりでつくりたいんです」

ん？

ええええええっ？

「田中《たなか》くん！」

ぼくはあせって、声《こえ》をあげた。

「自分《じぶん》が、なにを提案《ていあん》しているか、わかってるのっ？」

それってつまり、天才《てんさい》・給食《きゅうしょく》マスターの増田《ますだ》先輩《せんぱい》の協力《きょうりょく》を、今回《こんかい》はえんりょするってことなんだよ？

ミナミちゃんや、クラスのみんなからの、協力《きょうりょく》もいらないっていうことなんだよ？

「へぇ、ひとりでつくるつもりなのか」

怒《おこ》るでもなく、わらうでもなく、クールに返事《へんじ》する増田《ますだ》先輩《せんぱい》。

「ちょっと待《ま》ってよ、田中《たなか》くん」

その考《かんが》え方《かた》は、ちょっとちがうんじゃないかなとぼくは思《おも》ってしまった。

だからあわてて、止《と》めたんだ。

「もう失敗《しっぱい》できないんだよ？　皇帝《こうてい》の命《いのち》がかかってるんだよ？　なにより、失敗《しっぱい》したら、田中《たなか》くんはもう、給食《きゅうしょく》マスターになれないんだよ？」

「だいじょうぶだ、ミノル。オレに、まかせとけ」

オレに、まかせとけ。

それは、たしかにカッコイイ言葉《ことば》なのかもしれない。

でも……。

ぜったいに失敗《しっぱい》できない挑戦《ちょうせん》だったら、みんなの力《ちから》を合《あ》わせたほうが、ぜったいにいいと思《おも》うんだ。

増田先輩《ますだせんぱい》だって、しゃべるだけで緊張《きんちょう》しちゃうくらい尊敬《そんけい》している給食皇帝《ロイヤルマスター》のことを思《おも》えば、ぜひとも協力《きょうりょく》したいと思《おも》うはずだ。

だから増田先輩《ますだせんぱい》は、田中《たなか》くんのこんな提案《ていあん》を、受《う》けいれるわけがない。

ぼくは、そう信《しん》じていた。

それなのに……。

「よろしい」

「ん？」

「田中《たなか》くん。ひとりで、がんばりたまえ」

「えええええっ？」

「今回《こんかい》、ぼくは、横《よこ》から見《み》ているだけにしよう」

ぼくはふしぎでしかたがない。

「増田先輩《ますだせんぱい》、いいんですか？　協力《きょうりょく》はしないんですか？　田中《たなか》くんひとりで、皇帝《こうてい》のための料理《りょうり》をつくらせるつもりなんですか？」

「ああ。そうさ」

ずいぶんあっさりと、先輩《せんぱい》はこたえた。

なに考《かんが》えてんの？

もう、どうでもよくなっちゃったの？

不安《ふあん》になったぼくを見《み》て、増田先輩《ますだせんぱい》が、なにかに気《き》づいた。

「そうか。そうだったのか、ミノルくん」

残念《ざんねん》そうに、つづけたんだ。

「キミはまだ、昨日《きのう》のぼくの言葉《ことば》の意味《いみ》を、理解《りかい》してくれてはいなかったのか」

昨日《きのう》のお昼《ひる》に、ぼくが皇帝《こうてい》に無理《むり》やりけんちん汁《じる》を食《た》べさせようとしてしまったときのこと。

先輩《せんぱい》は「ジャマするんじゃない！」と、本当《ほんとう》にめずらしいことに、ぼくのことを本気《ほんき》で怒《おこ》った。

あのとき、こう、いわれていた。


——理由《りゆう》があって、ぼくは、いっているんだよ。


「そうか。キミは、まだ、わかっていなかったのか」

先輩《せんぱい》は、ただただ残念《ざんねん》そうに、首《くび》をふった。

「ミノルくん、キミにとって…」

ひとさし指《ゆび》を立《た》てて、増田先輩《ますだせんぱい》は、尋《たず》ねる。

「〝友《とも》だち〟とはなんだい？」

「え、友《とも》だち？」

とつぜんでてきた「友《とも》だち」という言葉《ことば》に、ぼくはおどろき、混乱《こんらん》した。

増田先輩《ますだせんぱい》がなぜあんなことをいったのか、ぼくはまだ、まったくわかっていなかったんだ。

４杯目《はいめ》

思《おも》い出《で》の家族《かぞく》の味《あじ》！

週《しゅう》のあけた月曜日《げつようび》。

田中《たなか》くんは、４時間目《じかんめ》が終《お》わるとすぐに、家庭科室《かていかしつ》へダッシュした。

皇帝《こうてい》に食《た》べてもらうための、さいごの準備《じゅんび》があるんだって。

５年《ねん》１組《くみ》の教室《きょうしつ》には、給食皇帝《ロイヤルマスター》と秘書《ひしょ》で孫娘《まごむすめ》のエミさんが、田中《たなか》くんといれ代《か》わりでやってきた。

ふたりは、別々《べつべつ》の給食班《きゅうしょくはん》に参加《さんか》した。

皇帝《こうてい》は、ぼくたちの班《はん》に。

エミさんは、ミナミちゃんの班《はん》に。

増田先輩《ますだせんぱい》は「今回《こんかい》、ぼくは、横《よこ》から見《み》ているだけにしよう」との予告《よこく》どおり、口《くち》をださずに見守《みまも》りにきて、ノリオの班《はん》に合流《ごうりゅう》していた。

給食《きゅうしょく》の準備《じゅんび》が始《はじ》まった。

クラスのみんなは、急《きゅう》に知《し》らないひとが給食《きゅうしょく》に参加《さんか》しているのに、いつもと変《か》わらずにぎやかだった。積極的《せっきょくてき》に、皇帝《こうてい》に話《はな》しかけにいく。

というのも、地域《ちいき》のひとたちや野菜《やさい》の生産者《せいさんしゃ》と一緒《いっしょ》に食《た》べる『ふれあい給食《きゅうしょく》』っていうイベントが御石井小学校《おいしいしょうがっこう》にはあって、みんな、お客《きゃく》さんがくるのには慣《な》れっこなんだ。

「なんで、鍋《なべ》かぶってるの？　ねぇ！　なんで、鍋《なべ》かぶってるの？」

「ほっほっほ」

「なんで、しゃもじ持《も》ってるの？　ねぇ！　なんで、しゃもじ持《も》ってるの？」

「ほっほっほっほっほ」

さすがは給食《きゅうしょく》マスターのトップだけあって、皇帝《こうてい》は給食準備《きゅうしょくじゅんび》の時間《じかん》すら楽《たの》しんでいる。

にぎやかなふんいきに、ぼくは少《すこ》し、安心《あんしん》した。

「前回《ぜんかい》のようなピリピリしたふんいきには、ならなくてすみそうだぞ」

けれど、不安《ふあん》もある。

「……田中《たなか》くんは、いったい、どうやって食《た》べてもらうつもりなのかなぁ？」

ひとりでつくると宣言《せんげん》している田中《たなか》くんの作戦《さくせん》を、ぼくは知《し》らない。

本当《ほんとう》に、皇帝《こうてい》に食《た》べてもらうことができるんだろうか？

「みんな、お待《ま》たせーっ」

田中《たなか》くんの右手《みぎて》には、前回《ぜんかい》の圧力鍋《あつりょくなべ》があった。

廊下《ろうか》からかけこんできた田中《たなか》くんは、そのまま黒板《こくばん》を背《せ》に、教室《きょうしつ》の一番前《いちばんまえ》に立《た》つ。

談笑《だんしょう》していた皇帝《こうてい》の顔《かお》が、いつもの厳《きび》しい表情《ひょうじょう》に戻《もど》った。

田中《たなか》くんは皇帝《こうてい》にむけて、こんなことをいう。

「鍋仙人《なべせんにん》のじいちゃんへの、今日《きょう》の給食《きゅうしょく》メニューは……けんちん汁《じる》だぁ！」

へ？

「えー、どうしてぇっ？」

ぼくが質問《しつもん》するよりはやく、ユウナちゃんが声《こえ》をあげた。

「田中《たなか》くん。それは前回《ぜんかい》、皇帝《こうてい》さんが食《た》べられなかったメニューだよね？」

「ああ、そうだ」

「だったら、なんでまた、同《おな》じメニューを？」

田中《たなか》くんは「だいじょうぶ！」と、笑顔《えがお》でつづける。

「鍋仙人《なべせんにん》のじいちゃんのために、今回《こんかい》はオレがひとりでつくったんだ。朝《あさ》はやくきて、20分休《ぷんやす》みも使《つか》って、さっき完成《かんせい》したばかりだぜっ」

「……はぁっ？」

今度《こんど》は、ミナミちゃんが、声《こえ》をあげた。

「そしたら、けんちん汁《じる》をつくってる様子《ようす》は、見《み》せへんってこと？」

どういうことだ？

前回《ぜんかい》の反省《はんせい》が、まったく生《い》かされていないよ。

それどころか、悪《わる》い方向《ほうこう》へ、状況《じょうきょう》は進《すす》んでいるような気《き》がするんだけど？

「おい、ミノル」

ノリオが配膳《はいぜん》する子《こ》たちをかきわけるようにして、別《べつ》の給食班《きゅうしょくはん》から、ぼくにかくにんをしにきた。ノリオもおどろいたようだった。

「田中《たなか》は、なにをするつもりなんだ？」

「聞《き》いていないから、わからないんだ」

「あいつ、まさか、『じつは、なんにも思《おも》いついてませんでした』なんてことは、ないんだろうな？」

「えー、それは困《こま》るよ！」

険《けわ》しい顔《かお》で、ノリオは首《くび》をかしげていた。

「さあ、鍋仙人《なべせんにん》のじいちゃん！」

田中《たなか》くんは、圧力鍋《あつりょくなべ》を配膳台《はいぜんだい》の上《うえ》に置《お》き、フタをとった。

しょう油《ゆ》と野菜《やさい》のいい香《かお》りが、教室《きょうしつ》にひろがる。

前回《ぜんかい》と同《おな》じ、とてもいい香《かお》りだった。

でも、前回《ぜんかい》と同《おな》じだからこそ——。

ぼくは、かえって、不安《ふあん》になってしまったんだ。

ぼくだけじゃなかった。

「ああ。もう、これはぜったいに無理《むり》やわ」

ミナミちゃんは、力《ちから》なく首《くび》を横《よこ》にふる。

ユウナちゃんも、自分《じぶん》の席《せき》に戻《もど》ったノリオも、どこかしら暗《くら》く、残念《ざんねん》そうな顔《かお》をしている。

おわんとハシを持《も》った田中《たなか》くんは、皇帝《こうてい》に近《ちか》づいた。

「鍋仙人《なべせんにん》のじいちゃんの大好《だいす》きな、けんちん汁《じる》。さあ、食《た》べてよっ」

なにも食《た》べ物《もの》が置《お》かれていない皇帝《こうてい》の机《つくえ》に、ハシとけんちん汁《じる》を、置《お》いたんだ。

でも、皇帝《こうてい》に食《た》べさせることは、できないだろうな。

本当《ほんとう》に残念《ざんねん》だけれど、みんなの顔《かお》つきは、そういう感《かん》じだった。

ところが。

ノリオの班《はん》の増田先輩《ますだせんぱい》だけは。

「ふふふふふ」

少《すこ》しも心配《しんぱい》そうな顔《かお》を見《み》せずに、田中《たなか》くんを見守《みまも》っていたんだ。

＊

日直《にっちょく》の「いただきます」のあと。

田中《たなか》くんと同《おな》じ給食班《きゅうしょくはん》の給食皇帝《ロイヤルマスター》は、笑顔《えがお》だった。

「おお、そうか！　キミは、増田《ますだ》くんが好《す》きなのか！」

同《おな》じ班《はん》のぼくたちとしゃべるのがよっぽど楽《たの》しいみたいで、皇帝《こうてい》との会話《かいわ》は、ものすごくはずんだんだ。

けれども、けんちん汁《じる》を、食《た》べてはいない。

おわんにさわりもしなければ、ハシを持《も》とうともしていなかった。

「ははははは！　おかわりジャンケンを、グーだけで勝《か》ちのこるなんて、すごいぞ！」

ただ、ものすごく、楽《たの》しそうだった。

ずっと食《た》べていないひとだとは思《おも》えないくらい、皇帝《こうてい》は、生《い》き生《い》きしていた。

給食《きゅうしょく》を食《た》べるぼくたちに、趣味《しゅみ》や好《す》きな教科《きょうか》やさいきんはやっていることなどをいろいろ尋《たず》ねては、大《おお》きくわらう。

まさか、わらいすぎて、そのまま倒《たお》れたりしないよね？

皇帝《こうてい》がこんなにわらっているのを、初《はじ》めて見《み》たよ。

「いやぁ、楽《たの》しい。やっぱり、給食《きゅうしょく》の時間《じかん》は、すばらしいわい！」

ん。

……あ、そうか！

皇帝《こうてい》の楽《たの》しそうな様子《ようす》を見《み》ているうちに、ぼくは、田中《たなか》くんのねらいに気《き》がついたんだ。

皇帝《こうてい》は毎日《まいにち》の食事《しょくじ》を、ひとりで、ぽつんと、食《た》べていた。

だから田中《たなか》くんがいつも大切《たいせつ》にしている【みんなで、楽《たの》しく、食《た》べる】ことをすれば、皇帝《こうてい》も無理《むり》なく食《た》べてくれる。

きっと、そういう作戦《さくせん》なんだ！

なるほど、それなら、この給食《きゅうしょく》の時間《じかん》をもっと楽《たの》しくしてしまえばいいんだ。

ぼくが気《き》づいた、そのとき。

皇帝《こうてい》は、同《おな》じ給食班《きゅうしょくはん》でとなりに座《すわ》った田中《たなか》くんに、しずかに告《つ》げた。


「……田中《たなか》くん。やはり、無理《むり》なようじゃ」

なんてこった！

さあ、いまから食《た》べてもらおうよというときに、皇帝《こうてい》に、先手《せんて》を打《う》たれてしまった。

「今回《こんかい》、みんなと一緒《いっしょ》に、わいわい楽《たの》しく食《た》べられればよいなとは、わしも思《おも》ってはいた。期待《きたい》をしてもおった。しかし」

皇帝《こうてい》は、うなだれる。

「やはり、どうがんばっても、ハシを持《も》つことすらできないんじゃよ」

田中《たなか》くんが考《かんが》えていたことなんて、皇帝《こうてい》には、どうやらすべてお見通《みとお》しだったみたいなんだ。

ぼくは、あせった。

だって、食《た》べなきゃ、皇帝《こうてい》は死《し》んじゃうんだよ？

田中《たなか》くんだって、給食《きゅうしょく》マスターになることが、一生《いっしょう》できなくなるんだよ？

なんとかしたい！

田中《たなか》くんの作戦《さくせん》は、きっと、失敗《しっぱい》してしまったんだ。

ぼくはなんとしてでも、友《とも》だちのピンチを救《すく》いたかった。

なにをすればいい？

田中《たなか》くんのために、いま、ぼくにできることは、なんだろう？

ぼくはしずかに、頭《あたま》をフル回転《かいてん》させて考《かんが》えた。

すると――。

「え？」

ふるえる、にぎりこぶし。

ここでぼくの頭《あたま》に浮《う》かんだのは、なんと、田中《たなか》くんの、にぎりこぶしだったんだ。

家庭科室《かていかしつ》でけんちん汁《じる》をつくったとき、田中《たなか》くんは、くやしさでにぎりこぶしをふるわせていた。

あのとき、ぼくだって、そりゃあ、くやしかった。

けれど、一番《いちばん》くやしかったのは、もちろん田中《たなか》くんのはずだ。

だからこそ、田中《たなか》くんは、今回《こんかい》はひとりでつくると、増田先輩《ますだせんぱい》に伝《つた》えたのかもしれない。

前回《ぜんかい》の失敗《しっぱい》を、今度《こんど》こそ、とり戻《もど》そうと、必死《ひっし》にがんばっているのかもしれない。

もし、そうだとしたら……。

ぼくがここで手《て》を貸《か》すことで、かえって、田中《たなか》くんのジャマになってしまうんじゃあないだろうか……ん？

「田中《たなか》くんのジャマになる？」

はっと気《き》づいて、ぼくは、増田先輩《ますだせんぱい》を見《み》た。

増田先輩《ますだせんぱい》は、さっきと同《おな》じように、少《すこ》しも心配《しんぱい》そうな顔《かお》を見《み》せずに、ただただ田中《たなか》くんを見守《みまも》っているんだ。

「そうだったのか！」

増田先輩《ますだせんぱい》のいいたいことが、ぼくには、やっとわかったんだ。

「ジャマをするんじゃない！」と怒《おこ》った増田先輩《ますだせんぱい》の、厳《きび》しさの理由《りゆう》。

それは……。

なんでもかんでも手《て》を貸《か》すだけが、友《とも》だちじゃないってことだったんだ！

いま自分《じぶん》の力《ちから》でピンチを乗《の》り越《こ》えようとしている田中《たなか》くんに、よけいな手助《てだす》けはジャマでしかない。

田中《たなか》くんがひとりでつくるといいだしたとき、増田先輩《ますだせんぱい》はあっさりと認《みと》めた。

それは、けっして、田中《たなか》くんを見捨《みす》てたからではなかったんだ。

増田先輩《ますだせんぱい》は田中《たなか》くんのことを１００パーセント、心《こころ》の底《そこ》から信《しん》じきっているんだよ！

「田中《たなか》くん……っ」

手《て》を貸《か》してあげたい気持《きも》ちを、ぼくはここで、ぐっと、こらえる。

ぼくは、動《うご》かないと決《き》めた。

なんにもしないぞと決《き》めた。

でもそれは、いじわるや裏切《うらぎ》りなんかじゃあない。

「田中《たなか》くんなら、かならず、皇帝《こうてい》に食《た》べさせることができるはずだ！」

だってぼくは田中《たなか》くんの活躍《かつやく》を、強《つよ》く強《つよ》く、信《しん》じているんだから。

＊

ハシすら持《も》てないという皇帝《こうてい》は、弱々《よわよわ》しく、しゃべり始《はじ》める。

「田中《たなか》くん。キミはわしのために、よく動《うご》いてくれた。礼《れい》をいう。ありがとう」

なんと皇帝《こうてい》は、中華鍋《ちゅうかなべ》を頭《あたま》から脱《ぬ》いだ。

しっかり深《ふか》く、頭《あたま》をさげる。

顔《かお》をあげてから、こう宣言《せんげん》した。

「キミを、給食《きゅうしょく》マスターに認定《にんてい》しよう」

「え？」

おどろいたよ。

まさか、こんなタイミングで、田中《たなか》くんが給食《きゅうしょく》マスターとして認《みと》められるとは思《おも》っていなかったから。

「けんちん汁《じる》は食《く》えんかったが、田中《たなか》くんには、本当《ほんとう》に世話《せわ》になった。さいしょは、少《すこ》し、いじわるなこともいってしまって、すまなかったな」

クラスのみんなは、急《きゅう》な展開《てんかい》におどろいている。

けれども、「おめでとう！」「やったね！」と、口々《くちぐち》に田中《たなか》くんの目標達成《もくひょうたっせい》を、お祝《いわ》いし始《はじ》めた。

「給食《きゅうしょく》マスター認定《にんてい》の正式《せいしき》な手《て》つづきは、給食《きゅうしょく》タワーに戻《もど》ってからじゃ。放課後《ほうかご》、わしと一緒《いっしょ》に、きてもらう。なーに、時間《じかん》はとらせんわ。宣誓《せんせい》をして、サインをして、それから認定《にんてい》バッジを……」

「『けんちん汁《じる》は食《く》えんかった』なんて、じいちゃん、なにいってんだよ」

田中《たなか》くんが口《くち》をひらき、皇帝《こうてい》の言葉《ことば》はさえぎられた。

なんと、田中《たなか》くんはよろこんではいなかったんだ。

「じいちゃん、ふざけんなよっ！」

はぁっ？

どうしてっ？

給食《きゅうしょく》マスターに、なれるんだよ？

「オレは、鍋仙人《なべせんにん》のじいちゃんに、もう一度《いちど》食《た》べられるようになってほしいから、がんばってきたんだ」

おどろいた皇帝《こうてい》は、真剣《しんけん》に、田中《たなか》くんの話《はなし》に耳《みみ》をかたむける。

「そりゃ、給食《きゅうしょく》マスターになることは、オレの夢《ゆめ》だよ。ぜったいになるよ。でも、だからって、そんなてきとうな形《かたち》で認《みと》められても、うれしくもなんともないよっ」

誰《だれ》もが、びっくりして、だまってしまった。

おちついてから、こうつづけた。

「オレずっと、鍋仙人《なべせんにん》のじいちゃんに、いいたかったことがあるんだ」

ここで田中《たなか》くんは、ミナミちゃんの給食班《きゅうしょくはん》を見《み》た。

給食《きゅうしょく》の席《せき》に着《つ》いている、秘書《ひしょ》のエミさんに、目《め》をむけたんだ。

田中《たなか》くんは、少《すこ》しまよっていた。

けれども、意《い》を決《けっ》して、こんな話《はなし》をしてくれた。

「オレ、ずっとばあちゃんに育《そだ》ててもらってきたから、エミさんの気持《きも》ちがわかるんだ。いやなんだよ、自分《じぶん》のじいちゃんや、ばあちゃんが、楽《たの》しそうじゃないのって。しかも、孫《まご》ぐらい年《とし》がはなれていると、じいちゃんやばあちゃんにしてあげられることなんて、限《かぎ》られてるし。なにもできないと、ちょっと、自分《じぶん》で自分《じぶん》が情《なさ》けなくなるし」

田中《たなか》くんは、自分《じぶん》とエミさんの立場《たちば》を、重《かさ》ねていたんだ。

一気《いっき》に、告《つ》げた。

「孫《まご》のエミさんはずっと、泣《な》くほど、じいちゃんのことを心配《しんぱい》してるんだ。なのにどうして、じいちゃん本人《ほんにん》が簡単《かんたん》にあきらめちゃうんだよ？　『食《く》えんかった』って、認《みと》めちゃうんだよ！」

座《すわ》ったままのエミさんは、じっと、田中《たなか》くんと皇帝《こうてい》のことを見《み》ていた。

「そりゃ、無理《むり》に食《く》えとはぜったいにいわないよ。でも、孫《まご》のエミさんがいまのじいちゃんの『食《く》えんかった』を、どういう気持《きも》ちで聞《き》いてたか、鍋仙人《なべせんにん》のじいちゃんには、わかんないのかよっ！」

皇帝《こうてい》は、ハッとした表情《ひょうじょう》で、エミさんを見《み》かえした。

「ああ。そうか」

自分《じぶん》が気《き》づいていなかった事実《じじつ》に、気《き》づかされたみたいだ。

「すまない。エミ。わしは。すまない」

皇帝《こうてい》はショックを受《う》けて、混乱《こんらん》しているみたいだった。

田中《たなか》くんは、つづけた。

「じいちゃんのことを、家族《かぞく》が心配《しんぱい》してんだよ!!」

田中《たなか》くんは、もう一度《いちど》、エミさんを見《み》た。

すると、エミさんは立《た》ちあがり、皇帝《こうてい》のそばへ歩《あゆ》み寄《よ》った。

手《て》には、自分《じぶん》の座《すわ》っていたイスを持《も》っている。それを皇帝《こうてい》の横《よこ》に置《お》いた。

家族が
心配してんだよ!!

「わたしが小学生《しょうがくせい》のころ、おじいちゃん、けんちん汁《じる》のつくり方《かた》をわたしに教《おし》えてくれたの、覚《おぼ》えてる？」

「……ああ」

エミさんは、自分《じぶん》のいた給食班《きゅうしょくはん》に戻《もど》ると、自分《じぶん》の給食皿《きゅうしょくざら》とハシを手《て》にした。

皇帝《こうてい》のいる、ぼくたちの班《はん》に、ふたたび近《ちか》づいてきた。

「おじいちゃん。一緒《いっしょ》に、食《た》べよう」

ふたりでひとつの机《つくえ》を使《つか》って、仲《なか》よく並《なら》んで、座《すわ》ったんだ。

「あのときに、おじいちゃんの、そのまたおじいちゃんやおばあちゃんの話《はなし》を、聞《き》かせてくれたのよね」

「たしか、そうだったな」

「あのときね、思《おも》ったの。おじいちゃんが、家族《かぞく》みんなでわいわい食卓《しょくたく》を囲《かこ》んでいたように、わたしも、おじいちゃんと楽《たの》しい食卓《しょくたく》をずっと囲《かこ》んでいけたらいいなぁって。まぁ、わたしも仕事《しごと》が忙《いそが》しくて、おじいちゃんと一緒《いっしょ》に食《た》べることは、できていなかったんだけどね」

「エミ、すまなかった」

責《せ》められていると思《おも》ってしまったのだろうか。

皇帝《こうてい》はあやまった。

「あやまらないで！　おじいちゃんを、ひとりで、ぽつんと、食《た》べさせてしまっていたことに気《き》づけなかったのは、わたしなんだから」

それから、エミさんは、こんな提案《ていあん》をしたんだ。

「これから、一緒《いっしょ》に食《た》べていこうよ」

「……エミ」

「あ、そうだ。思《おも》い出《で》のけんちん汁《じる》のつくり方《かた》、今日《きょう》、家《いえ》に帰《かえ》ったら、また教《おし》えてよ」

なみだ目《め》だったエミさんが、わらう。

「おじいちゃんみたいな思《おも》い出《で》の味《あじ》、わたしも、おじいちゃんの思《おも》いと一緒《いっしょ》に、大切《たいせつ》に伝《つた》えていきたいんだ」

エミさんの話《はなし》を聞《き》き終《お》えると。

皇帝《こうてい》は、けんちん汁《じる》を見《み》おろした。

「家族《かぞく》みんなでわいわい囲《かこ》んだ、思《おも》い出《で》の味《あじ》か」

つぶやき、皇帝《こうてい》は、ハシを持《も》った。

おわんを持《も》って汁《しる》を……。

飲《の》んだ！

「おじいちゃん！」

エミさんはびっくりして声《こえ》をあげる。

「…………」

皇帝《こうてい》は、ひと言《こと》もしゃべらない。

ダイコン、ニンジン、豆腐《とうふ》、ネギ。

皇帝《こうてい》はハシでつまんではひとつひとつ、思《おも》い出《で》をかくにんするかのようにゆっくりと、口《くち》の中《なか》へいれては、かんで、飲《の》みこんでいく。

ふと、つぶやいた。

「……ああ」

皇帝《こうてい》は、笑顔《えがお》を見《み》せた。

「なつかしい味《あじ》だ」

みんな、しずかに食《た》べる皇帝《こうてい》を見守《みまも》っていた。

「なつかしい、家族《かぞく》の、味《あじ》がするわい」

目《め》を閉《と》じ、幸《しあわ》せそうに、大《おお》きくほほえんでいる。

皇帝《こうてい》にとって、これ以上《いじょう》おいしいものって、あるのかな？

そんなことを思《おも》ってしまうくらい、皇帝《こうてい》はおいしそうに田中《たなか》くん特製《とくせい》のけんちん汁《じる》を食《た》べていた。

そうして、とうとう。

皇帝《こうてい》は、けんちん汁《じる》を、食《た》べ

きったんだ。

コトン。

みんながしずかに見守《みまも》る中《なか》で、空《から》っぽのおわんを、机《つくえ》に置《お》いた。

「田中《たなか》くん」

皇帝《こうてい》の呼《よ》びかけに、クラスのみんなが注目《ちゅうもく》する。

田中《たなか》くんも、クラスのみんなも、次《つぎ》の言葉《ことば》を待《ま》っている。

「たいへん、おいしい、けんちん汁《じる》であった」

にこりっ。

最高《さいこう》の笑顔《えがお》で、皇帝《こうてい》はつづけた。

「おかわりっ！」

「わーっ！」

「すげーよ、田中《たなか》っ！」

「まさか、おかわりまでするなんてっ」

クラスのみんなの歓声《かんせい》が、教室《きょうしつ》をいっぱいにする。
ついに皇帝《こうてい》は、ふたたび、食《た》べることができたんだ。
さいごまで田中《たなか》くんを信《しん》じて、見守《みまも》っていてよかったよ。
おかわりのけんちん汁《じる》を食《た》べる皇帝《こうてい》は、心《こころ》からの笑顔《えがお》を見《み》せている。
『食《しょく》は笑顔《えがお》をつくる』。
田中《たなか》くんは、お父《とう》さんの教《おし》えを、じっさいに行動《こうどう》で示《しめ》したんだ。
「よーし、みんなぁ！　そしたら牛乳《ぎゅうにゅう》ビンを持《も》ってくれ！」
田中《たなか》くんは、牛乳《ぎゅうにゅう》ビンを手《て》にすると、立《た》ちあがった。
皇帝《こうてい》のぶんの牛乳《ぎゅうにゅう》ビンを持《も》ってくると、その場《ば》で、皇帝《こうてい》にも立《た》ってもらった。
クラスのみんなを見《み》わたして、田中《たなか》くんは、声《こえ》を張《は》った。

「鍋仙人《なべせんにん》の復活《ふっかつ》にい……」

「『『カンパーイ！』』」

田中《たなか》くんと皇帝《こうてい》、ふたりの牛乳《ぎゅうにゅう》ビンが、カチンと、祝福《しゅくふく》の音《おと》を鳴《な》らした。

＊

楽《たの》しい給食《きゅうしょく》も、終《お》わるころ。

「みなさん。『ごちそうさま』の前《まえ》に、ひとつだけ」

他《ほか》の給食班《きゅうしょくはん》で食《た》べていた多田見先生《ただみせんせい》が立《た》ちあがり、クラスのみんなに声《こえ》をかけた。

「先生《せんせい》から、お話《はなし》をさせてください」

給食皇帝《ロイヤルマスター》や秘書《ひしょ》のエミさんにおじぎをしながら、先生《せんせい》は黒板《こくばん》の前《まえ》まで歩《ある》いていった。

「給食中《きゅうしょくちゅう》にすみません。少《すこ》しだけ、書《か》かせてください」

先生《せんせい》はチョークの粉《こな》が飛《と》ぶのを気《き》にしているようで、ゆっくりとしずかに、白《しろ》いチョークで黒板《こくばん》に文字《もじ》を書《か》いた。

「いまから話《はな》すことは、漢和辞典《かんわじてん》にのっていることではありません。あくまでも、先生《せんせい》の感《かん》じたことを、お話《はな》しさせてもらいます」

先生《せんせい》は、黒板《こくばん》に「人《ひと》」と書《か》き、さらにその下《した》に「良《よい》」と書《か》いた。

「『食《しょく》』という漢字《かんじ》は、『人《ひと》』に『良《よい》』と、書《か》くように、先生《せんせい》には見《み》えるんですね。というのも、なにかよいものを自分《じぶん》の体《からだ》に吸収《きゅうしゅう》することが、食《た》べることであると、先生《せんせい》は思《おも》っているからです」

「へー。なるほどー」

漢字《かんじ》の話《はなし》なのに他《ほか》の班《はん》のノリオが、なんだか生《い》き生《い》きしている。

「しかしこれは、食《た》べ物《もの》だけの話《はなし》ではないのだろうとも、先生《せんせい》は考《かんが》えています」

先生《せんせい》は、チラと、皇帝《こうてい》のほうを見《み》た。

「誰《だれ》か他《ほか》の『人《ひと》』と一緒《いっしょ》にごはんを食《た》べる時間《じかん》が、楽《たの》しいものであるならば、そこですごした『良《よい》』思《おも》い出《で》は、わたしたちの心《こころ》に吸収《きゅうしゅう》されていくのです。食《た》べ物《もの》がわたしたちの体《からだ》を育《そだ》てるように、思《おも》い出《で》は、わたしたちの心《こころ》を育《そだ》てるのです。『食《しょく》』を通《とお》して、心《こころ》も体《からだ》も健康《けんこう》になるのですね」

これで、皇帝《こうてい》は、また健康《けんこう》になれる。

ぼくには多田見先生《ただみせんせい》がひっそりと皇帝《こうてい》を応援《おうえん》しているように見《み》えたんだ。

「まじめなお話《はなし》で、失礼《しつれい》しました」

先生《せんせい》は深《ふか》く頭《あたま》をさげてから、自分《じぶん》のいた給食班《きゅうしょくはん》へと戻《もど》っていった。

「へー。へー。へー」

はなれた給食班《きゅうしょくはん》で、ノリオは立《た》ちあがるほど感心《かんしん》していた。

「オレ、てっきり『食《しょく》』の上《うえ》の部分《ぶぶん》は、『へ』だと思《おも》ってたんだよなぁ」

え？

ノリオの口《くち》から、「へ」。

かなり、いやな予感《よかん》がした。

そして、その予《よ》感《かん》は。

あたっちゃうんだ。

「ものを『食《た》』べると、『良《よい》』『へ』がでる。てっきり、オナラをあらわす漢字《かんじ》だと、思《おも》ってたんだよなぁ！」

立《た》ちあがってまでオリジナルの下《しも》ネタを、みんなに伝《つた》えたその瞬間《しゅんかん》、クラスの女《おんな》の子《こ》全《ぜん》員《いん》が、やっぱり、ノリオをにらみつけた。

ノリオはたまらず、大《おお》きな体《からだ》を縮《ちぢ》こまらせた。

それから、こんなふうに、わらったんだ。

「へへへへへ。へ。へ。へ」

あ、ノリオっ。

さては、反省《はんせい》してないな！

ノリオは、ぼくに視線《しせん》を合《あ》わせてきた。

親指《おやゆび》を立《た》て、歯《は》をキラリと見《み》せ、さわやかにわらうノリオ。

その鼻毛《はなげ》は、なんと左右《さゆう》の鼻《はな》からダブルで、元気《げんき》に「コンニチハ☺」していたんだ。

日直《にっちょく》が「ごちそうさま」の号令《ごうれい》を終《お》えた。

食器《しょっき》の回収《かいしゅう》や机《つくえ》の配置《はいち》なおしなど、あと片《かた》づけをしていたら。

「ミノルくんっ」

弾《はず》むような足《あし》どりで、増田先輩《ますだせんぱい》がやってきた。

力強《ちからづよ》く、ぼくの手《て》をにぎる。

「どうやらキミは、ぼくがなぜあんなに厳《きび》しいことをいったのか、理解《りかい》してくれたみたいだね」

「はい。手《て》を貸《か》すことも大切《たいせつ》だけど、そればっかりじゃあ、よくないんじゃないかなあって」

「ふむ」

「田中《たなか》くんは、どんなピンチにぶつかったって、きっと解決《かいけつ》してくれる。信《しん》じようって、思《おも》ったんです」

「すばらしい！」

増田先輩《ますだせんぱい》は、拍手《はくしゅ》でぼくにこたえてくれる。

「まさしくそのとおりだ。なんでもかんでも助《たす》けるだけが、友《とも》だちではないのだよ。ときに行動《こうどう》を別《べつ》にし、ときに相手《あいて》を信《しん》じて待《ま》つことも、大切《たいせつ》なことなのさ」

増田先輩《ますだせんぱい》はそこまで考《かんが》えて、ぼくを注意《ちゅうい》してくれたみたいなんだ。

「なにせ給食《きゅうしょく》マスターの道《みち》は、つらく厳《きび》しい。田中《たなか》くんがくじけそうになったとき、ベタベタとしたやさしさをキミが田中《たなか》くんにあたえるようであれば、それはやさしさなんかではない。ただのあまやかし。そんなのは、ニセモノの友《とも》だちだ」

なるほど。

増田先輩《ますだせんぱい》の怒《いか》りには、そんな深《ふか》い意味《いみ》があったんだね。

「『ジャマするんじゃない！』などと厳《きび》しい言葉《ことば》を投《な》げつけて、すまなかったね」

増田先輩《ますだせんぱい》は頭《あたま》をさげた。

「ああ、先輩《せんぱい》。そういうの、やめてくださいよ！」

それから頭《あたま》をあげた増田先輩《ますだせんぱい》は。

「しかし、ぼくはうれしい！」

もう、信《しん》じられないくらいの笑顔《えがお》だった。

「なぜならミノルくんが、田中《たなか》くんと一緒《いっしょ》に、またひとつ成長《せいちょう》できたからね。ふはははははははははは。ははっ。は。はっ。げふん。げふっ。げふんっ」

増田先輩《ますだせんぱい》は、せきこみながらも、ぼくをものすごくほめてくれた。


「5年《ねん》1組《くみ》のみんなっ」

鍋《なべ》をかぶりなおした給食皇帝《ロイヤルマスター》が、教室《きょうしつ》をでる前《まえ》に、みんなに聞《き》いてほしいことがあるという。

「作業中《さぎょうちゅう》にすまんが、ちょっと、よいかな？」

食《た》べ終《お》えた食器《しょっき》の片《かた》づけの手《て》をいったん止《と》めて、みんなは皇帝《こうてい》の話《はなし》を待《ま》った。

「今日《きょう》は、本当《ほんとう》に、ありがとう。わしはふたたび、食《た》べられるようになった。そしてこれは、なんといっても、田中《たなか》くんの知恵《ちえ》と活躍《かつやく》によるものである」

え？

田中《たなか》くんのことを、なんだかものすごくほめているよ。

もしかして？

この流《なが》れはっ？

「よって、ここに宣言《せんげん》する。みんな、証人《しょうにん》として覚《おぼ》えていてほしい」

皇帝《こうてい》は、大《おお》きく息《いき》を吸《す》った。


「増田《ますだ》くんの推薦状《すいせんじょう》を受《う》けとった結果《けっか》、田中《たなか》くんが給食《きゅうしょく》マスターとなることを、いま、ここに認定《にんてい》す……」

「その認定《にんてい》、待《ま》ったあっ！」

え？

誰《だれ》っ？

教室《きょうしつ》の扉《とびら》のほうから聞《き》こえた誰《だれ》かの声《こえ》に、給食皇帝《ロイヤルマスター》の言葉《ことば》は止《と》められてしまった。

＊

大声《おおごえ》で「待《ま》った」をかけたサングラス姿《すがた》の人物《じんぶつ》に、クラスの注目《ちゅうもく》が集《あつ》まっていた。

黒《くろ》い帽子《ぼうし》をかぶり、あごやほほにはヒゲが生《は》えている。手《て》には、つえみたいに柄《え》の長《なが》いお玉《たま》を持《も》っていた。いったいなにものなんだろう？

このひとが教室内《きょうしつない》へと歩《ある》き始《はじ》めたとき、ぼくたちは本当《ほんとう》におどろいた。

だって、背中《せなか》に、冷蔵庫《れいぞうこ》をせおってるんだよ！

「おお、食郎《たべろう》か。どうした、そんな大声《おおごえ》をだして。なぜここにおるんじゃ？」

はいってきたそのおじさんに、顔見知《かおみし》りのように、皇帝《こうてい》は声《こえ》をかけたんだけど……。

ん、食郎《たべろう》って、呼《よ》んでたね？

どこかで、聞《き》いたことがあるかも……。

「と、とととと、父《とう》さんっ！」

あー、そうだっ！

田中《たなか》くんのお父《とう》さんが、食郎《たべろう》さんという名前《なまえ》だったよね。

皇帝《こうてい》は食郎《たべろう》さんと世間話《せけんばなし》でもするみたいに、おどろく田中《たなか》くんをほめ始《はじ》めた。

「いやぁ、食郎《たべろう》。息子《むすこ》は、立派《りっぱ》に成長《せいちょう》しとるぞ。先週《せんしゅう》なんか、包丁《ほうちょう》2本《ほん》を使《つか》った『嵐《あらし》のカマイタチ』で野菜《やさい》をみじんぎりにしおったわ。ありゃ、お前《まえ》の技《わざ》だったよな？」

嵐《あらし》のカマイタチは、田中《たなか》くんがけんちん汁《じる》をつくるときに使《つか》った「田中十六奥義《たなかじゅうろくおうぎ》」のひとつだ。

包丁《ほうちょう》2本《ほん》を左右《さゆう》の手《て》に持《も》って、あっという間《ま》に野菜《やさい》をきざむ、ふつうはできない必殺技《ひっさつわざ》だ。

「お前《まえ》の技《わざ》だったよな？」という皇帝《こうてい》の問《と》いかけに、お父《とう》さんはこたえなかった。厳《きび》しい顔《かお》のまま、聞《き》くだけだ。

いまの皇帝《こうてい》の言葉《ことば》の、いったいなにがそんなに気《き》にいらなかったのかな？

そんな厳《きび》しい顔《かお》のお父《とう》さんと比《くら》べて、田中《たなか》くんは本当《ほんとう》にうれしそうだ。

「父《とう》さん！　やったぁ、ひさしぶりだぁ！」

ぼくたちが見守《みまも》る中《なか》、田中《たなか》くんはうれしそうにかけだした。

世界一周客船《せかいいっしゅうきゃくせん》のシェフをするお父《とう》さんとは、もう何ヶ月《なんかげつ》も会《あ》っていないらしいんだ。

ひさしぶりの親子《おやこ》の再会《さいかい》だ。

よかったね、田中《たなか》くん！

かけ寄《よ》っていった田中《たなか》くんがお父《とう》さんにだきつく、まさにその直前《ちょくぜん》。

田中《たなか》くんと自分《じぶん》との間《あいだ》を、田中《たなか》くんのお父《とう》さんは、チョップですばやくくぎったんだ。

すると……。

シュン！

空気《くうき》が、きられた。

「あ、あぶなかった！」

おどろき声《こえ》をあげる田中《たなか》くんのうわばきは、内側《うちがわ》の足《あし》をケガさせないように、外側《そとがわ》だけスパスパと、きりきざまれてしまったんだ。

「え、え？　なんで……？」

思《おも》わずしりもちをついた田中《たなか》くんは、その場《ば》で、混乱《こんらん》する。

「ひさしぶりだな、食太《たべた》」

「父《とう》さん？　なんか、いつもとちがうよ……」

さすがの田中《たなか》くんもパニック気味《ぎみ》だ。

お父《とう》さんは田中《たなか》くんを見《み》おろしながら、こんな指摘《してき》をした。

「包丁《ほうちょう》なんか持《も》たなくたって、修行《しゅぎょう》を積《つ》めば、素手《すで》で『嵐《あらし》のカマイタチ』は起《お》こせるはずだぞ」

えええ、そうなのっ？

ということは田中《たなか》くんのお父《とう》さんは、いまみたいに素手《すで》でものをきることができるのか。

なんだか、ものすごいひとがやってきたよ。

「給食皇帝《ロイヤルマスター》」

背中《せなか》の冷蔵庫《れいぞうこ》ごと深《ふか》くおじぎをしてから、田中《たなか》くんのお父《とう》さんはつづけた。

「この給食《きゅうしょく》マスターの田中食郎《たなかたべろう》、おねがいがございます」

顔《かお》をあげたお父《とう》さんにむけて、皇帝《こうてい》は強《つよ》く注意《ちゅうい》した。

「食郎《たべろう》、感心《かんしん》せんぞ。わが子《こ》を拒否《きょひ》するようなまねをしおって」

「食太《たべた》の給食《きゅうしょく》マスター認定《にんてい》に、オレは『待《ま》った』をかけにきたんです」

田中《たなか》くんが声《こえ》をあげる。

「父《とう》さん！　どういうことだよっ」

田中《たなか》くんの話《はなし》も聞《き》かず、お父《とう》さんは、こういいきった。


「食太《たべた》ではなく、オレの弟子《でし》を、給食《きゅうしょく》マスターに認定《にんてい》してほしいのです」


「待《ま》ってよ！　なにそれ！」

あわてて田中《たなか》くんのもとへかけ寄《よ》ったぼくは、田中《たなか》くんを起《お》こしてあげた。

それから田中《たなか》くんのお父《とう》さんを見《み》あげると、声《こえ》を張《は》りあげて抗議《こうぎ》したんだ。

「せっかくひさしぶりに親子《おやこ》で会《あ》えたのに、なんでそんなことをいうのっ？」

「……子供《こども》は、だまってろ」

「ひどいよ！」

「ほれほれ、ミノルくん。ちょっとおちつけ。ケンカはよくないぞ、ケンカは」

見《み》かねた皇帝《こうてい》が、間《あいだ》にはいる。

それから、田中《たなか》くんのお父《とう》さんに目《め》をむけて事情《じじょう》を尋《たず》ねた。

「なぜじゃ、食郎《たべろう》」

その声《こえ》は、厳《きび》しかった。

責《せ》めているようないい方《かた》にも聞《き》こえた。

「なぜ、田中《たなか》くんの給食《きゅうしょく》マスター認定《にんてい》に、『待《ま》った』をかけた？」

「そうだよっ、サイテーだよ！　お父《とう》さんなのに、なんで一緒《いっしょ》によろこんであげないんだ！　えーと、えーと……もう！」

「ミノルくん。少《すこ》しおちついて、しずかにしよう」

うしろから増田先輩《ますだせんぱい》になだめられ、ぼくはやっと、おちついた。

なぜ、『待《ま》った』をかけたのか？

田中《たなか》くんのお父《とう》さんは「リニューアルをするのです」といった。

「りにゅうある？」

皇帝《こうてい》に、英語《えいご》は通《つう》じなかった。

「『給食《きゅうしょく》マスター委員会《いいんかい》』を、あたらしく、生《う》まれ変《か》わらせるのです！」

首《くび》をかしげる皇帝《こうてい》に、お父《とう》さんは話《はな》し始《はじ》めた。

「失礼《しつれい》ながら、皇帝《こうてい》。オレは、このままでは『給食《きゅうしょく》マスター委員会《いいんかい》』そのものがダメになってしまうと考《かんが》えています」

「なんじゃとぉ？」

むやみにケンカを売《う》るいい方《かた》ではなかったけれど、それでも、皇帝《こうてい》は少《すこ》しだけいらいらしているみたいだ。

それに気《き》づいたお父《とう》さんは、おちついた様子《ようす》でつけ加《くわ》えた。

「皇帝《こうてい》のことを悪《わる》くいっているわけではありません。しかし、オレたち『給食《きゅうしょく》マスター委《い》員会《いんかい》』は、もう少《すこ》し『危機感《ききかん》』を持《も》ったほうがいい。そのように考《かんが》えております」

危機感《ききかん》、という言葉《ことば》を聞《き》き、皇帝《こうてい》の表情《ひょうじょう》がかたまった。

なにか思《おも》いあたることがあるのかもしれない。

「現在《げんざい》、給食《きゅうしょく》マスターの人数《にんずう》は決《き》まっていますよね？」

「ああ、そうじゃ。だから給食《きゅうしょく》マスターになることは、非常《ひじょう》にたいへんなことなのじゃ。なぁ、田中《たなか》くん？」

皇帝《こうてい》に話《はなし》をふられたけれども、田中《たなか》くんはそれどころではなさそうだ。

皇帝《こうてい》はつづけた。

「よく聞《き》け、食郎《たべろう》よ。人数《にんずう》が決《き》まっているからこそ、給食《きゅうしょく》マスターには、実力《じつりょく》のある者《もの》しか合格《ごうかく》することができない。そうは思《おも》わんのか？」

「お言葉《ことば》ですが、皇帝《こうてい》」

お父《とう》さんは、迷《まよ》いなく、いいきった。

「その人数制限《にんずうせいげん》にこそ問題《もんだい》があるのだと、オレは考《かんが》えています」

「なんじゃと？」

皇帝《こうてい》は、わからない、という顔《かお》で聞《き》きかえした。

「一度《いちど》、給食《きゅうしょく》マスターになってしまえば、そのあとは『給食《きゅうしょく》マスター委員会《いいんかい》』内部《ないぶ》でのランクが変《か》わるのみ。それが委員会《いいんかい》のルールですよね」

増田先輩《ますだせんぱい》を見《み》れば、たしかにうなずいている。

それから田中《たなか》くんのお父《とう》さんは、少《すこ》しだけ皮肉《ひにく》っぽく告《つ》げたんだ。

「油断《ゆだん》しきった給食《きゅうしょく》マスターが、オレたちの委員会内部《いいんかいないぶ》にも、いるんじゃないですか？」

「そ、そ、それは……」

皇帝《こうてい》は口《くち》ごもってから、小《ちい》さく認《みと》めた。

「たしかにそれは、ここ数年《すうねん》のわしの頭痛《ずつう》のタネじゃったわ」

田中《たなか》くんのお父《とう》さんは、皇帝《こうてい》に近《ちか》づく。

「オレは、『給食《きゅうしょく》マスター委員会《いいんかい》』を愛《あい》しているんだ。だからこそ、『給食《きゅうしょく》マスター委員会《いいんかい》』を変《か》えたい。内部《ないぶ》から、生《う》まれ変《か》わらせたい。そのために、オレは、弟子《でし》を育《そだ》てたんです」

お父《とう》さんはふりかえると、廊下《ろうか》の誰《だれ》かに「はいれ」と声《こえ》をかけた。

「……」

なにもいわずに男《おとこ》の子《こ》が、教室《きょうしつ》にはいってきた。

ジーンズにタンクトップ。なんとなく外国《がいこく》のひとっぽい顔《かお》をしている。

だまったまま少《すこ》し笑顔《えがお》を見《み》せてから、教室《きょうしつ》のみんなに軽《かる》く右手《みぎて》をあげた。

「こいつの名前《なまえ》はロベルト石川《いしかわ》。ブラジル人《じん》の父《ちち》をもつオレの弟子《でし》だ」

ここで田中《たなか》くんのお父《とう》さんは、自分《じぶん》の胸《むね》の辺《あた》りを指《ゆび》で示《しめ》した。

それは給食《きゅうしょく》マスターのバッジだった。

どうやら田中《たなか》くんのお父《とう》さんにも、増田《ますだ》先輩《せんぱい》が田中《たなか》くんを推薦《すいせん》したのと同《おな》じように、推《すい》薦《せん》する権利《けんり》があるみたいなんだ。

「皇帝《こうてい》っ。息子《むすこ》の食太《たべた》よりも、弟子《でし》のロベルトこそが、給食《きゅうしょく》マスターになるべきだとオレは考《かんが》えています！」

なんだって！

息子《むすこ》の田中《たなか》くんを否定《ひてい》するかのようなまさかの宣言《せんげん》に、皇帝《こうてい》やクラスのみんながざわつき始《はじ》めた。

そんな中《なか》、田中《たなか》くんはロベルトに近《ちか》づいていく。

「どうしてこいつなんだよ」

田中《たなか》くんは怒《おこ》る。

「ふざけんな！　給食《きゅうしょく》マスターになるのはオレだ！」

田中《たなか》くんはもうれつな勢《いきお》いで抗議《こうぎ》する。

ロベルトから笑顔《えがお》が消《き》えた。

「……ふん。あきらめろよ」

ふたりの間《あいだ》にはバチバチと、目《め》に見《み》えない火花《ひばな》が散《ち》り始《はじ》めた。

ふたりがおたがいにつかみかかって、ケンカにでもなりそうな、まさにその直前《ちょくぜん》。

「ええい、しずまれい！」

皇帝《こうてい》は、腹《はら》の底《そこ》から、声《こえ》をだした。

みんながしずまりかえると、皇帝《こうてい》はゆっくりと告《つ》げた。

「お前《まえ》ら、給食《きゅうしょく》マスターを目指《めざ》すなら、ケンカではなく、勝負《しょうぶ》をせいっ。ロベルトくんと、田中《たなか》くんと、どっちが給食《きゅうしょく》マスターにふさわしいのか、このわしが見極《みきわ》めてやる」

突然《とつぜん》の提案《ていあん》にみんながざわつく中《なか》、ニヤリとわらい、皇帝《こうてい》はこう叫《さけ》んだんだ。


「タッグ・マッチじゃあっ！」


なんだってーっ！

「弟子《でし》を推薦《すいせん》するというからには、食郎《たべろう》、お前《まえ》には責任《せきにん》がある。よいなっ」

「わかりました」

すると、やっぱり、田中《たなか》くんのペアは……。

「もちろん、ぼくが組《く》もう」

増田先輩《ますだせんぱい》が、さっそうと名乗《なの》りをあげた。田中《たなか》くんのそばへ進《すす》みでる。

「ありがとうございます、先輩《せんぱい》！」

よろこびの表情《ひょうじょう》を見《み》せる、田中《たなか》くん。

いっぽうの増田先輩《ますだせんぱい》は、しずかにしずかに怒《おこ》っていたんだ。

増田先輩《ますだせんぱい》は田中《たなか》くんのきらわれたうわばきをひろい集《あつ》めてから、食郎《たべろう》さんをにらみつけた。

「食郎《たべろう》さん。失礼《しつれい》ながら、ぼくはあなたの考《かんが》えや行動《こうどう》に、賛成《さんせい》する気《き》になれないんですよ」

「ほう、これはこれは。天才《てんさい》・給食《きゅうしょく》マスター殿《どの》がご立派《りっぱ》なことで」

こうして、たったひとつの給食《きゅうしょく》マスターのイスをかけた2対《たい》2のタッグ・マッチが、始《はじ》まっちゃったんだ。

この物語《ものがたり》はフィクションです。実際《じっさい》に食事《しょくじ》をする際《さい》は、食品《しょくひん》のアレルギーなどに
十分《じゅうぶん》に注意《ちゅうい》してバランスのいい食事《しょくじ》を心《こころ》がけましょう！

集英社みらい文庫

牛乳《ぎゅうにゅう》カンパイ係《がかり》、田《た》中《なか》くん

給食皇帝《ロイヤルマスター》を助《たす》けよう

並木《なみき》たかあき 作

フルカワマモる 絵

ファンレターのあて先
〒101-8050 東京都千代田区一ツ橋2-5-10 集英社みらい文庫編集部
いただいたお便りは編集部から先生におわたしいたします。

2017年4月30日 第1刷発行

発行者 北畠輝幸
発行所 株式会社 集英社
〒101-8050 東京都千代田区一ツ橋2-5-10
電話 編集部 03-3230-6246
読者係 03-3230-6080
販売部 03-3230-6393(書店専用)
http://miraibunko.jp
装丁 高岡美幸 (POCKET) 中島由佳理
印刷 図書印刷株式会社 凸版印刷株式会社
製本 図書印刷株式会社

ISBN978-4-08-321368-7 C8293 N.D.C.913 186P 18cm

全《ぜん》国《こく》各《かく》地《ち》から田《た》中《なか》くんへ
大《だい》大《だい》エールの嵐《あらし》！

●田中《たなか》くん、おもしろすぎ！神《かみ》ってます♪（小4）

●わたしも田中《たなか》くんみたいな給食《きゅうしょく》マスターになりたいです（小6）

●クラスに田中《たなか》くんがいたらいいなーと思《おも》います（小5）

●ぼくの小学校《しょうがっこう》に「牛乳《ぎゅうにゅう》カンパイ係《がかり》」という係《かかり》が新《あたら》しくできました（小5）

●やさしくて、おもしろくて、勇気《ゆうき》があって、大切《たいせつ》なことを教《おそ》わりました（小6）

●うちの子《こ》が苦手《にがて》だったピーマンを食《た》べられるようになりました（主婦）

●第《だい》2弾《だん》「天才給食《てんさいきゅうしょく》マスターからの挑戦状《ちょうせんじょう》！」のお母《かあ》さんの手紙《てがみ》で号泣《ごうきゅう》しました（会社員）

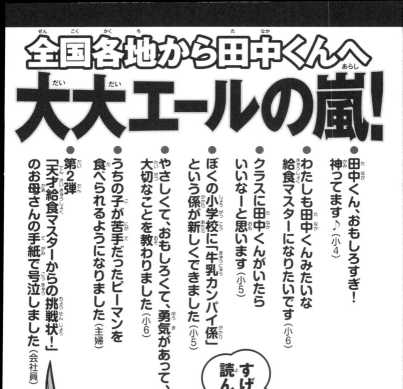

牛乳《ぎゅうにゅう》カンパイ係《がかり》、田中《たなか》くん

第《だい》4弾《だん》は

2017年《ねん》
8月《がつ》18日《にち》(金《きん》)
発売《はつばい》予定《よてい》!!!

父《ちち》・食郎《たべろう》と再開《さいかい》した田中《たなか》くん。
しかし、給食《きゅうしょく》マスターになるためには
父《ちち》との対決《たいけつ》に勝《か》たなければならない!
田中《たなか》くんは父《ちち》を越《こ》えられるのか…!?
給食《きゅうしょく》タッグマッチが開戦《かいせん》!!

楽《たの》しすぎる夢《ゆめ》の1冊《さつ》!!!

もしも…

戦国武将《せんごくぶしょう》が小学校《しょうがっこう》の先生《せんせい》だったら…!?

本能寺《ほんのうじ》の変《へん》で織田信長《おだのぶなが》が死《し》んでいなかったら…!?

大阪城《おおさかじょう》があべのハルカス級《きゅう》の高《たか》さだったら…!?

戦国武将《せんごくぶしょう》がYouTuber《ユーチューバー》だったら…!?

サッカー日本代表《にほんだいひょう》が戦国武将《せんごくぶしょう》イレブンだったら…!?

野球日本代表《やきゅうにほんだいひょう》が戦国武将《せんごくぶしょう》ナインだったら…!?

織田信長《おだのぶなが》が内閣総理大臣《ないかくそうりだいじん》だったら…!?

毛利元就《もうりもとなり》の「三本《さんぼん》の矢《や》」が折《お》れてしまったら…!?

武田信玄《たけだしんげん》の「風林火山《ふうりんかざん》」に一文字《ひともじ》くわえるなら…!?

上杉謙信《うえすぎけんしん》が義《ぎ》の武将《ぶしょう》ではなかったら…!?

いちばんは誰《だれ》ですか!?

いちばんモテる武将《ぶしょう》は？

いちばんケンカの強《つよ》い武将《ぶしょう》は？

いちばん頭《あたま》のいい武将《ぶしょう》は？

いちばんダサいあだ名《な》の武将《ぶしょう》は？

いちばん教科書《きょうかしょ》で落書《らくが》きされた武将《ぶしょう》は？

「みらい文庫《ぶんこ》」読者《どくしゃ》のみなさんへ

言葉《ことば》を学《まな》ぶ、感性《かんせい》を磨《みが》く、創造力《そうぞうりょく》を育《はぐく》む……、読書《どくしょ》は「人間力《にんげんりょく》」を高《たか》めるために欠《か》かせません。たった一枚《いちまい》のページをめくる向《む》こう側《がわ》に、未知《みち》の世界《せかい》、ドキドキのみらいが無限《むげん》に広《ひろ》がっている。これこそが「本《ほん》」だけが持《も》っているパワーです。

学校《がっこう》の朝《あさ》の読書《どくしょ》に、休《やす》み時間《じかん》に、放課後《ほうかご》に……。いつでも、どこでも、すぐに続《つづ》きを読《よ》みたくなるような、魅力《みりょく》に溢《あふ》れる本《ほん》をたくさん揃《そろ》えていきたい。読書《どくしょ》がくれる、心《こころ》がきらきらしたり胸《むね》がきゅんとする瞬間《しゅんかん》を体験《たいけん》してほしい、楽《たの》しんでほしい。みらいの日本《にほん》、そして世界《せかい》を担《にな》うみなさんが、やがて大人《おとな》になった時《とき》、「読書《どくしょ》の魅力《みりょく》を初《はじ》めて知《し》った本《ほん》」「自分《じぶん》のおこづかいで初《はじ》めて買《か》った一冊《いっさつ》」と思《おも》い出《だ》してくれるような作品《さくひん》を一所懸命《いっしょけんめい》、大切《たいせつ》に創《つく》っていきたい。

そんないっぱいの想《おも》いを込《こ》めながら、作家《さっか》の先生方《せんせいがた》と一緒《いっしょ》に、私《わたし》たちは素敵《すてき》な本作《ほんづく》りを続《つづ》けていきます。「みらい文庫《ぶんこ》」は、無限《むげん》の宇宙《うちゅう》に浮《う》かぶ星《ほし》のように、夢《ゆめ》をたたえ輝《かがや》きながら、次々《つぎつぎ》と新《あたら》しく生《う》まれ続《つづ》けます。

本《ほん》を持《も》つ、その手《て》の中《なか》に、ドキドキするみらい――。本《ほん》の宇宙《うちゅう》から、自分《じぶん》だけの健《すこ》やかな空想力《くうそうりょく》を育《そだ》て、〝みらいの星《ほし》〟をたくさん見《み》つけてください。

そして、大切《たいせつ》なこと、大切《たいせつ》な人《ひと》をきちんと守《まも》る、強《つよ》くて、やさしい大人《おとな》になってくれることを心《こころ》から願《ねが》っています。

２０１１年《ねん》　春《はる》

集英社《しゅうえいしゃ》みらい文庫《ぶんこ》編集部《へんしゅうぶ》